女之怪談

実話系ホラーアンソロジー

花房観音
川奈まり子
岩井志麻子

ハルキ・ホラー文庫

JN170909

角川春樹事務所

目次

花房観音

岩井志麻子

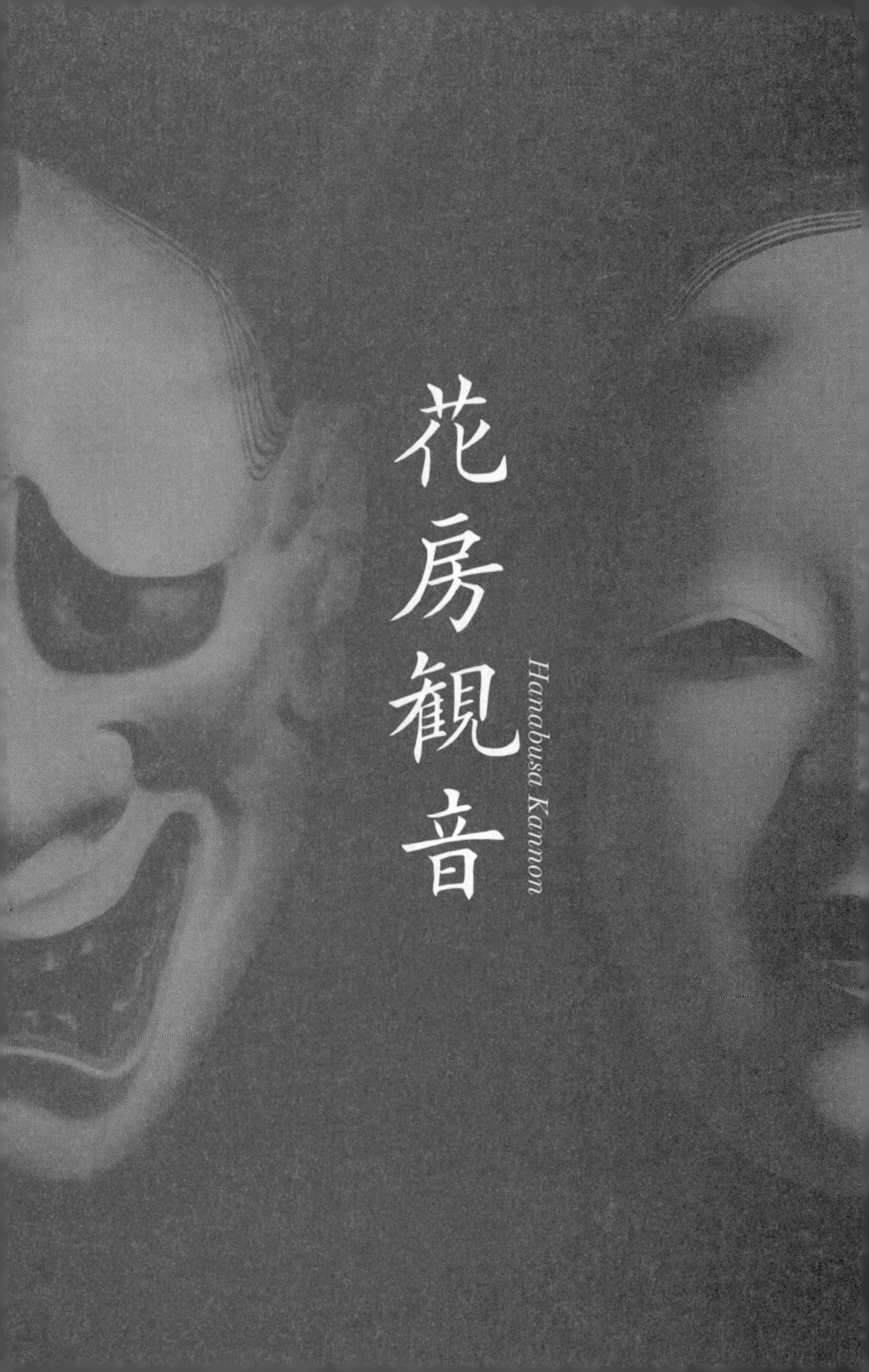
花房観音
Hanabusa Kannon

花房観音

京都在住。映画会社、旅行会社勤務などを経て、2010年「花祀り」で第一回団鬼六賞大賞を受賞しデビュー。著書には『女の庭』『女坂』『寂花の雫』『楽園』『やすらいまつり』『指人形』などがある。バスガイドの経験を基にしたエッセイ『女の日本史修学旅行』も刊行。

風車の女

数年前に思いがけず官能小説でデビューした。

小説家になりたかった。当時は独身で、仕事も不安定で未来が見えず、四十歳手前で、切羽詰まっていた。そんな現実的な「後のなさ」が幸いしてなのか、新人賞に応募しはじめて一年足らずで賞をもらうことができた。なんでもいいからとにかく小説家になりたくて、ジャンル問わず応募したら、初めて書いた官能小説が賞をとった。

全く予想外に私は「官能作家」と呼ばれるようになった。困ったのは、仕事だ。京都でバスガイドをやっていて、主に修学旅行生の案内が多い。

いくらなんでも「官能作家」が、本名ではないにせよ、小学生の相手をするのはどうかと思ったので、上司に、退職を願い出た。

そうしたらあっさりと「辞めんでええやん」と言われてしまった。

「文芸やろ？　小説で賞とってんやろ？　誇りを持ちゃ！」

「いや、あの、社長、小説の上に『官能』ってつくんですよ……」

「ええやんか、別に」

と、簡単に却下され、さらにはバスガイドたちが集まるミーティングで「この子、賞とったんや！　小説家になったんや！」と、発表されてしまった。

そうして、いつのまにかいろいろとなし崩しになり、実は今でも小説家でありながら現役バスガイドなのである。

昔は花形職業だったらしいバスガイド……。この肩書きの良いところはどこに行っても珍しがられることだ。

よく聞かれるのが「バスガイドさんて運転手さんとやってんの？」という質問だ。答えは、「ある」に決まってる。結婚している人たちも多い。けれどそれはどんな職業だって社内結婚や社内恋愛はあるという程度の話だ。

バスガイドという仕事は普通の会社員などとは休みが合わないし、不規則だ。泊まりの仕事に行ったときはお客さんを下ろすと、あとは運転手とふたりきりになることで誤解を招きもするので、なかなか他の業界の人には理解されにくい。出会いもなく、結果、運転手と結婚するというパターンは多い。しかし不倫も離婚も多い。

昔に比べて今はだいぶマシにはなったが、「業界の常識は世間の非常識」と思うような風習もある。最初の頃、驚いたのが、バスガイドが運転手の「妻」の役割を担っていることだ。近頃はセクハラという言葉も浸透して、会社によってはセクハラ講習も実施され、そんなでもないが、昔は不愉快なことがたくさんあった。

性関係を迫られただの襲われかけただのそんな話もあったらしい。今だと会社に訴えたら一発で運転手がクビだ。いい時代になった。

それでも男と女なのでくっついただの離れただのの話は耳にするが、それはどこの業界でも同じだろう。

奥さんが宿泊先の宿に電話を入れてくる運転手さんの話も聞いたことがある。嘘《うそ》を吐《つ》いていないか確認するためだ。いちいちそんなことをされては大変じゃないかと思ったのだが、よくよく聞いてみるとその運転手さんは結婚を五回もしている人だったので、疑われる理由があったのだろう。

とはいえ、男女関係は仕事には関係ないと思いたいのだけれども——。

マチ子さんと一緒に仕事するのは初めてだった。

仕事の形態を簡単に説明すると、バスガイドには会社に所属する正社員とアルバイトの他に、紹介所というところから依頼を受けて派遣されるクラブガイドの三種類がいる。

不景気で仕事が減り、観光シーズン以外も含めて通年正社員を置くことが難しくなっているので、今は他に仕事を持っているアルバイトのガイドか、クラブガイドが使われることが多い。

クラブガイドは基本的に経験者のみだ。バス会社で正社員ガイドを経て、結婚や出産などで退職した人間が登録し、派遣される。クラブガイドは前日か前々日に仕事内容を確認し、様々なバス会社のバスに乗務する。

私もこのクラブガイドで、マチ子さんは、違う紹介所から来たクラブガイドだった。本来ならば同じところに所属する人間同士が台数を組むのだが、観光シーズン中はどこも人数合わせに大わらわで、違う紹介所に所属する人間同士の台数もたまにある。

その日の仕事は、紅葉シーズンの京都と滋賀《しが》の一泊二日のツアーだった。一泊二日といっても地元のバス会社なので仕事が終わると一旦家に帰らないといけなかった。

マチ子さんは私とそう年齢が変わらず、当時は三十代半ばだった。彼女は背が高くて髪も長い。太っているというわけではないが肉付きがよく、美人ではないが、喋《しゃべ》ると可愛《かわい》らしい声の人だった。

マチ子さんは、とても仕事のできる人なのだとはすぐにわかった。勉強熱心で休憩時間もテキストを離さず、私の質問に答えをすぐに口にしてくれる。お客さんに対しても丁寧で親切だった。

一日目に京都を周り、二日目は滋賀県の山のほうの紅葉の名所の寺めぐりだった。

二日目に、お客さんの宿泊しているホテルに行くと、マチ子さんが先に来ていて、「おはようございます。今日もよろしくお願いします」と声をかけてくれる。

「ちょっといいですか……花房《はなぶさ》さん」
＊実際には私は本名でバスガイドをしていますが、仮名として「花房」にしておきます。
「はい？」

「お話ししておいたほうがいいと思って……今日の行程、結構、ハードですよね」

滋賀県の紅葉の名所といわれている三か所の寺は、どこも山の中で階段が多かった。普段はパンプスで仕事をするのだが、さすがに今日はしんどいからと私はスニーカーを履いてきた。マチ子さんもスニーカーだ。しかも昨日は夜に雨が降っていたらしく、石の階段は濡《ぬ》れていて滑りやすいのでお客さんにも注意を施さないといけない。

「実は私……妊娠してるんですよ」

マチ子さんは、そう言って、お腹《なか》を押さえた。

「え……大丈夫ですか」

「ほとんどつわりもないし、元気なんです。もうあと一週間したら、仕事も休みます。ただ、今日、階段が多いので、もし何かご迷惑かけるようなことがあったらと思って、一応、言っておこうかと」

私は、少し心配になった。バスガイドはハードな仕事である。走ることも多い。自分が所属している紹介所のチーフは「こわいから妊娠した子はバス乗せない」方針だ。道路ではバスが急ブレーキをかけることもあるし、決して安全な仕事ではない。

「わかりました。気分が悪くなったりしたらすぐに言ってくださいね」

「ありがとうございます、よろしくお願いします」

マチ子さんが丁寧に頭を下げると、迎えのバスがやってくるのが見えた。

バスが京都の宿を出て名神高速道路を走り、インターチェンジを降りて最初の寺の駐車場に着いた。紅葉シーズンだけあってバスの数も多い。

「これから長い階段があります。私は先頭を歩きますけれど、お客さま、くれぐれもご無理をなさらぬようにお願いします。ご自身のペースでゆっくりおいでください」

そう言って、バスを降りる。

マチ子さんの号車が先頭なので、マチ子さんのお客さんの後ろについて私は階段を上っていった。

なんなく寺までたどり着き、チケットを渡して、「あとはご自由にご見学していただいて、時間までにバスにお戻りください」と告げる。最後のチケットを渡し終えたあとは、マチ子さんと階段を下り、駐車場にあるバスの休憩所に行ったが、人が多かったので、ふたりでマチ子さんのバスの中で待機することにした。

マチ子さんは、やはり疲れたのか、大きなため息を吐いた。

「初めてなんですか、お子さん」

「はい……あ、私、まだ独身なんですよ。この前から一緒に暮らしはじめて、そのうち結婚するつもりです……相手はバスの運転手さんなんです」

「じゃあ、仕事で知り合って」

「そうなんですよ」

マチ子さんは嬉《うれ》しそうににっこりと笑った。

「私、父親が子どもの頃に亡くなって寂しい想いしてて……だから結婚して子ども産んで幸せな家庭築くのが夢だったんです。やっとその夢が叶《かな》う……」

マチ子さんは愛《いと》おしそうにまだふくらみのない腹部を撫《な》でる。

「お仕事は、続けられるんですか」

マチ子さんのような、仕事ができる女性が辞めてしまうのは勿体《もったい》ないと思って私はそう聞いた。

「はい。子どもが大きくなるまでは子育てに集中すると思うんですけど、この仕事が好きなので、また復帰します！」

しばらく話をしていると、帰ってくるお客さんの顔が見えたので、私たちはバスの外に出た。

次の寺が一番の難関だった。階段が多い。ただ、これを乗り越えると、あとは楽だ。駐車場について、マチ子さんが先頭になり誘導する。紅葉のアーチに囲まれた石の階段をお客さんたちが上っていく。

マチ子さんのバスのお客さんに続いて、私も旗を持って誘導していた。

この階段沿いには小さなお地蔵さんが並んでいる。千体あるといわれていて、それぞれが色とりどりの風車を手にしていた。水子供養で知られている寺でもあった。

最初に、寺の本堂へと続く階段沿いに並んでいる地蔵と風車の群れを見たときは、もの悲しい光景だと思った。風車の色の鮮やかさは、生まれなかった子どもの魂を慰めているのだろうか。

私は全く霊感はなく、霊など見たことも感じたこともないが、それでも夜はここに近寄りたくない。

「ガイドさん、ここの階段、キツいなあ」

お婆さんが話しかけてきた。バッジを見ると、マチ子さんのバスのお客さんだ。

「無理なさらないでくださいね、御自分のペースで」

「こういう寺やなんて知らんかったわ。でもせっかく遠くから紅葉観《み》に来たんでバスにいるのももったいないしね」

品の良さそうな老人だった。身に着けているものもきちんとしている。

「うちのガイドさん、しんどそうや」

お婆さんがそう言ったので、私はバスの中で、マチ子さんが具合悪そうなそぶりを見せたのかと思い心配になった。

「あのガイドさん、よくこんな階段上るなあ。あれだけ足に纏《まと》わりつかせとったら、重いやろうに。私でも、大昔流したひとりの子がくっついてて時々邪魔するんよ。ここはたくさん仲間がおるから、嬉しくて現れるんやろうけどね」

私はその老人の言っている意味がわからず、「え?」と聞き返した。

「あのガイドさん、お腹に子どもおるやろ。それやのに、こんなところによう来るわ」

「……確かに階段きついですね」

マチ子さんのお腹は全く膨らんでいないのに、老人が彼女の妊娠を知っていることが不思議だった。

「階段やないで。階段沿いにおるんよ。ほら、風車が——」

お婆さんに言われて、私はそのとき、初めて気づいた。

風がないのに、地蔵の傍に掲げてある風車がくるくると一斉に回っている。

青や黄色に緑にピンクに赤——色とりどりの風車が。

こんなことは初めてだった。何度もこの寺には来ているはずなのに——。

「罪な話やで。怒ってるんよ。そらそうやろ、身勝手な大人の都合で作られて、殺されて」

お婆さんと話しているうちに寺の門の前についた。マチ子さんが参拝券を配っているので、私は急いで半分受け取り、自分の客に渡す。

「やっぱり、普段より疲れますね。すごく足が重かった」

マチ子さんの呼吸はまだ乱れていた。

さきほどのお婆さんは、お寺の中に入っていったのか姿が見えなくなった。

マチ子さんとふたりでゆっくりと石の階段を降りた。

まだ、風車はくるくるとまわっていた。

マチ子さんとは仕事が終わり、「お疲れ様でした。またよろしくお願いします」と言って別れた。

彼女の消息を聴いたのは、十か月後だ。

その日の仕事はバスが十台で動く、老人会が大衆演劇を観に行くツアーだった。

こういう仕事ははっきり言って楽だ。現地での待機時間が長いから、ゆっくりできる。お客さんたちを客席に誘導したあと、大衆演劇の公演会場の休憩室で、配られた弁当を食べていた。

この日も、別の紹介所のガイドたちと一緒の仕事だった。マチ子さんの所属していた紹介所だ。

私はふと、そこのガイドさんに、マチ子さんのことを聞いてみた。もう子どもも生まれている頃だろう。

「ああ……あの子な」

還暦は超えているだろう髪の毛が赤茶色のベテランガイドの顔が歪《ゆが》みながらも笑ったように見えた。

「生まれへんかってんな、結婚もしてへんで」

「え……」

「誰の子かわからん子を引き受ける男もおらんわ。独身の男に、あんたの子やって結婚しようとしたんやけど……。男が、お前の噂《うわさ》は散々聞いてる、そこらじゅうの運転手と関係しとるやろ、そんな女と結婚できるかって……しゃあないわな」

マチ子さんは、正直、そういう人には見えなかった。仕事熱心で真面目《まじめ》そうな女性だ。けれど女は「そうは見えない」ほどに、裏があるということぐらいは私も知っている。

「あの子な、父親おらんねん。そやから父親ぐらいの年の男が好きやいうて、泊まりの仕事に行ったらすぐにいやらしい気持ちになるねんて。お酒入ったら我慢できひんのやろな」

「そやから、あいつと泊まりの仕事行くの嫌がる運転手も多いわ。誤解されるやろ」

隣にいた年配の運転手が困った表情で、話に入ってきた。

「生がええ、中で出していうて騙《だま》しよるねん。それで子どもできたって結婚迫るんやけど、結婚してるもんが簡単に別れへんやん。そうしたら、すぐに子どもを堕《お》ろしよる。あいつは水子だらけや」

「可哀想《かわいそう》な子やねん」

本当はそう思っていないだろうに——ベテランガイドが下卑た笑みを浮かべる。

私はあの寺の風車がくるくるまわっていた光景を思い出した。

あのお婆さんの言葉も。

――あれだけ足に纏わりつかせとったら、重いやろうに。私でも、大昔流したひとりの子がくっついてて時々邪魔するんよ。ここはたくさん仲間がおるから、嬉しくて現れるんやろうけどね――。

マチ子さんが足に纏わりつかせていたものとは、何だったのか。

「それで、マチ子さん、今はどうしてるんですか」

「ケロっとした顔して、仕事しとるで。また男を物色しとるんやろ。俺らみたいに何回か一緒に仕事しとるもんは知ってるけど、初めて仕事する運転手はひっかかるやつおるからな、あいつはそのためにこの仕事しとるんよ。いろんなバス会社のいろんな運転手と出会えるやろ。男好きのする身体《からだ》しとるしなぁ」

「私らは迷惑やわ、同じように思われて」

ベテランバスガイドは吐き捨てるように、そう言った。

「仕事はできる子やし、一生懸命やのになぁ」

運転手がそう呟く。

「男とヤリに仕事来てるんか、仕事のついでに男とヤルんか、どっちなんやろうな」

「ただの公衆便所やったら遊び相手としてええねんけど、あいつは子どもを欲しがるから、うっかり手を出されへんわ」

「あのいやらしい癖がなければ、仕事頑張る、ええ子やのにね」

ベテランバスガイドが、煙草の煙を大きく吐きだしながらそう言った。

マチ子さんとは、その三か月後に、京都の清水寺の駐車場でばったりと再会した。

私の顔を見ると、嬉しそうに手をふって笑顔で近寄ってきてくれた。

「お久しぶりです、元気ですか」

「マチ子さんこそ――」

「私は相変らずバリバリ仕事してますよー。あのね、今日は愛知県の小学校の修学旅行なんですけど、すごく可愛《かわい》い子どもたちで、朝からバスの中も盛り上がって楽しくて。やっぱり小学生の仕事行くと、自分も子ども欲しくなっちゃいますね。私、幸せな家庭を築くのが夢なんです」

マチ子さんは、誰がどう見ても元気で明るい仕事のできるバスガイドさんだった。

彼女とは数分立ち話をして「じゃあ、またね」と言って別れたが、妊娠にも結婚にも子どものことにも全くふれず、まるで当然のように「無かった」ことにしている様子だった。

彼女の笑顔が明るい分、罪の意識もうしろめたさもないのだろうと考えると、ひどく気持ちが悪い。

私のバスが出発するときに、修学旅行生たちに囲まれている笑顔のマチ子さんが手を振って見送ってくれた。

彼女には今もきっと「子どもたち」が纏わりついているのだと思うと、足元を凝視せずにはいられなかった。

ラブラブの女

カオリさんは私と同い年のバスガイドで、知り合った当時は三十代になる直前だった。彼女はある大手バス会社のアルバイトだ。別の会社での社員ガイドを経て、一旦《いったん》退職して洋服屋などで数年働いていたが、やっぱりこの世界に戻りたいと、知人の紹介を経て今の会社でアルバイトのバスガイドとして働きはじめた。

カオリさんは年齢よりも若く見えるので、修学旅行の仕事などにはうってつけだ。耳の下で切りそろえた髪の毛は少し明るめに染めている。目がぱっちりとして丸顔だ。スポーツが好きで、日に良く焼けている細身の女性だった。

私は前述したように派遣されて様々なバス会社で仕事をするクラブガイドだが、カオリさんの会社は住まいと近かったため、仕事を一緒にする機会が何度かあった。同い年でお互い独身ひとり暮らしということもあり、話しやすかった。

「彼氏と一緒に住もうと思ってるんよ」

修学旅行で子どもたちが奈良《なら》公園を班行動でまわっている間、休憩室でお茶を飲んでいるときに、カオリさんがそう言った。

カオリさんの彼氏は私も何度か会ったことがある。カオリさんの会社のバスの運転手のTさんだ。カオリさんより六つ上のバツイチの男性だった。気さくで感じのいい人で親切なので、若いガイドたちの中には「Tさんと一緒に仕事したい」と言っている娘《こ》も何人かいて人気がある。

Tさんは一年前に、今の会社に転職してきた。一緒に乗り込み仕事をしたその日に、Tさんのほうからカオリさんは告白されてつきあいはじめたらしい。

「どっちみち結婚しようねって話は最初からしてんねん……こういう仕事やから、生活時間が合わなかったりするやないですか。休日も合わしにくいし……やから同棲《どうせい》したほうがいいかな、って」

カオリさんはTさんに惚《ほ》れこんでいた。会話の中に、絶対に惚気話《のろけばなし》が出てくる。

「もうすぐ三十歳やしね……私、それまでに結婚したいんよ」

三十歳までに結婚――それが彼女の口癖だったけれど、正直私はカオリさんの年齢に対する強いこだわりはよくわからなかった。

「前の彼氏とは婚約しててんけど、最後は彼の浮気で駄目になっちゃった。だから今度こそは——」

彼女は翌々月には、会社の近くのマンションで彼と一緒に住み始めた。彼と彼女の交際は、会社の人間には公認だった。男女関係に関しては少し緩めの会社だったのだ。会社によってはたとえ独身同士でも御法度の雰囲気のところもある。よくいえばアットホーム、言い方を変えれば馴れ合いの多い会社だったから、オープンにできたのだろう。

「結婚祝に、同僚の運転手さんたちに自転車もらってん。T君の名字と、私の名前が書いてあるんよ。T君が『どうせもうすぐこの名前になるんやしな』って言うてくれたんよ」

カオリさんは本当に嬉《うれ》しそうにそう言った。

ところが本人たちも幸せで、周りにも祝福された結婚生活が始まり——というわけにはいかなかった。

同棲しはじめてからカオリさんのTさんとの惚気話が、エスカレートした。

「晩御飯何がええと思う? 毎日作るの大変やわ」

「あの人、何もできひんねん。酔っぱらって帰ってきたときとか、私が靴下脱がしてあげるんよ」

「エッチは週に三回やねん。迫られて困るわぁ」

「一緒に乗り込みするときはな、早く帰ってエッチしたいから、スピード出すねん」

「もうラブラブでな、家におるときはずっとくっついてんねん」

と、いうふうに性生活まであけすけに話してくる。「別に聞きたないわ」「相手を知ってるぶん生々しいから嫌や」と、他のバスガイドたちも本人のいないところで迷惑そうに口にするようになった。

「めちゃ嫉妬《しっと》深いねん。私が他の会社の運転手と挨拶《あいさつ》しただけで、虫の居所が悪かったかしらんけど火のついた煙草《たばこ》投げられたことあるねん」

というような話もカオリさんは嬉しそうに話す。聞いてるこっちは「それ、あかんやん」と言いたくなるのだが、彼女からすれば「嫉妬されてる私って、愛されてる！」と思えるらしい。なんせ、彼女の口癖が、「ラブラブやねん！」だ。

「あのふたりな、この前、若狭《わかさ》のドライブインの乗務員休憩室で大ゲンカしてん」

そう話してくれたのはカオリさんの先輩ガイドだ。

「Tがな、よそのガイドと仲良く話してたらしいわ。昔おった会社の娘と久々に会ったらしくて。それでカオリが怒って、休憩室で鞄《かばん》やら投げて、Tで、『お前かてこの前、他の運転手に媚《こ》び売ってたやろ』とか言い出して物の投げ合いで大変やったらしいわ」

確かに「お互い嫉妬深い」とはカオリさんからも聞いたことがある。それにしても、仕事中に、挨拶しただとか話しただとか、そんな程度のことで大ゲンカするぐらいのカップルが、家では大丈夫なのだろうか。

段々とカオリさんとTさんの評判は落ちていった。公私混同のひどさが周りの耳にも入ったのだ。

それでもカオリさんは変わらず、「T君にな、昨日も私は疲れてんのにエッチせまられてん。ラブラブやろ？」と嬉しげに会う人に語る。

そのうちカオリさんと休憩室でふたりきりになるのを皆避けるようになった。Tさんと乗り込みをするのも嫌になった。一緒にいると性生活まで想像してしまう――いや、それよりもカオリさんが私たちバスガイドの情報をTさんに何でも喋《しゃべ》ってしまうので、「彼氏、○○の会社の運転手やろ？」「自分、バツイチなんやってな」などと、Tさんがバスガイドたちに馴れ馴れしくなってきたのも不愉快だったのだ。

カオリになんかいうたら、全部Tに伝わって、そのうち運転手たちの間で広まるで――

皆がそう言ってカオリさんとTさんを警戒するようになった。

「私がな、彼氏と別れたことまで、広まってんねん。カオリがTに言うて、Tが運転手たちに言いふらしたんやわ。ムカつくわ」

そう言って本気で怒っているバスガイドもいた。

最初の頃は、カオリさんとTさんのカップルの惚気を面白がっていた者たちも、段々距離を置き始めた。

　カオリさんも、皆がよそよそしくなり自分の存在が浮いてきたのがわかったのだろうか、間もなく退職を会社に伝えた。

「結婚したら辞める気やったから。専業主婦になって、旦那《だんな》に尽くしたいねん」

　カオリさんが仕事を辞めるのは、Tさんの希望でもあったらしい。嫉妬深いTさんは、他の運転手と宿泊するバスガイドという仕事をして欲しくない、と。

　最初からバスガイドだとわかってて結婚を決めたんやろと思ったが、カオリさんから普段のTさんとの激しい嫉妬話を聞いていたら仕方のないことだとわかる。

　カオリさんは同棲する際に、昔の恋人との思い出の品や写真も全て捨てたらしい。

「前の彼氏の話なんかしたら、殺されるわ」

と、嬉しそうに言っていた。

　彼女にとって、嫉妬されることは愛されることなのだ。

　それからしばらくして、私の所属している会社はTさんが所属するバス会社との取引を止《や》めた。揉《も》めたわけではなくて、向こうの会社の業務の内容が変わったからだ。

　カオリさんとTさんとは無事に結婚して、同僚を招いて式を挙げたと噂には聞いていた。

　驚いたのは、それからちょうど一年の後だ。修学旅行の仕事のときに、他社のバスガイドさんがひとり助っ人できた。

マリさんという二十代半ばの子だ。長い髪の毛を後ろでまとめて眼鏡をしている色白の子だった。

三日間の仕事なので、一緒にいる時間も多かった。一日目、大阪のユニバーサル・スタジオ・ジャパンにバスを停《と》めて、生徒を中まで誘導して送り込んだあとで、広いバスの駐車場に戻る。

「お疲れ様でーす」

マリさんが、少し離れたところにたむろしているバスの運転手の群れに挨拶して手をふった。見覚えのあるバスだった。最近は乗っていないけど、Tさんがいた会社だ。

「私とうちの旦那の会社なんですよ」

休憩室でエチケット袋を折りながらマリさんが言った。ちなみにこのエチケット袋というのは、観光バスの座席の前のポケットに入っているポリ袋だ。休憩中に、こうしてバスガイドが折ることが多い。

「そうなんや。私も前はようあのバス、乗っててん」

「じゃあ、うちの旦那とも一緒に仕事されたことあるかもしれませんね。Tっていうんですけど」

私は思わず、エチケット袋を折る手を止めた。

「T、さん？」

あの会社に、他に「T」という名字の男はいただろうか。

「年齢は、どれぐらいの人？」

「私より一回り以上上なんですよ――」

「えっと……三年まえぐらいに、転職して、前歴がトラックの運転してた……Tさん？」

「そうです！」

驚いた。

間違いなく、マリさんの夫の「T」は、カオリさんの結婚していたはずの男だ。

「新婚なんですよ。だからラブラブで」

マリさんは嬉しそうにそう言った。

後で噂を聞いたのだが、カオリさんとTさんは結婚したが、すぐにTさんは入社してきた若いバスガイドのマリさんとつきあい始めたらしい。要するに不倫だ。

様々な揉め事はあったらしいが、カオリさんとTさんは離婚し、すぐにマリさんと一緒に住み始めて結婚したという。

カオリさんはバスガイドの業界に戻ることもできず、誰とも連絡を絶ち、今は何をしているのかわからない。

以前、カオリさんとTさんの結婚を祝福した同僚たちは困っているだろうか。しかし、こんな話は「よくあること」でもあった。

マリさんとはその後、何度か一緒に仕事をした。

気味が悪いなと思ったのは、マリさんは私と顔を合わせると、

「晩御飯何がいいと思いますぅ？　毎日作るの大変なんですけど、やっぱり手料理食べさせてあげたくて」

「あの人、何もできないんですよ。酔っぱらって帰ってきたときとか、私が靴下脱がしてあげたりするんです」

「エッチは週に三回ぐらい。迫られて困っちゃう。ラブラブなんです」

などとどこかで聞いたことのある話をしてくるのだ。

カオリさんがガイドに復帰したという噂が流れたのは、それから少し後だ。

観光地で、彼女を見かけたという運転手とガイドが何人かいた。

「一瞬だけで、久々やなと思って挨拶しようと思ったら、どこか行ってまっておらへんようになっててん」

「私が会ったのは奈良公園やけど、なんか様子おかしかったわ。愛想のええ子やったのに、こわい顔してて、喋りかける雰囲気やなかった」

金閣寺で、清水寺で、二条城で、法隆寺で、奈良公園で、ユニバーサル・スタジオ・ジャパンの駐車場で——カオリさんを目撃した話を聞いた。

共通しているのは、いつもカオリさんはひとりだということだ。

修学旅行の仕事で来ているのにしても、周りに他のガイドはいないらしい。

「けど、どこの会社に所属してるんやろ。誰に聞いても、知らんいうねん」

奇妙なことに、誰もカオリさんの所属先も知らないし、バスに乗ったり誘導している姿も見たことがないという。

カオリさんが出没しているのを知ってか知らずか、マリさんは相変らず楽しそうで、私の顔を見るとかけよってきて、Tさんの惚気を話す。

なんでTみたいなどうでもいい男の話を、前の妻と今の妻と続けて聞かされなあかんのやとうんざりしながらも私は聞き役をしていた。

私もカオリさんの姿を、一度だけ見かけた。

大阪城の駐車場だった。

生徒を誘導し送り込んで、一時間後に迎えに行くまで待機していた。

車内で運転手と同じ台数の他のガイドと弁当を食べ終え、トイレに向かった。

すっとトイレの傍の木陰から、女が現れた。日に焼けた、丸顔の――。

「カオリさん?」

私は思わず声をかけた。

カオリさんは一瞬立ち止まり、こちらを見た。

いや、顔を傾けてはいるけれど、目は私を見ていない。

虚《うつ》ろだった。人形のように無表情で、私を認識している様子もない。

カオリさんは、すぐに顔を戻し、トイレに入って行った。

私は追うようにトイレに入るが、どこも扉が開いている。つまり、私以外、誰もいないのだ。

気のせいだろうか――実はこういう経験は初めてではない。前に、ある寺の駐車場のトイレでも、誰もいないのに水音だけ聞こえていたことがあった。あとで、そのトイレは自殺者が出る度に建て替えられているのだと知ったが……。

ただ、もともと霊感もないし見えないし、怖がるという感覚も鈍いし、仕事中はだいたいいつも疲れてふらふらなのであまり気にしないまま、用を足してバスに戻った。

「さっき、カオリさんに会いましたよ」

隣の席に座っている先輩に言った。

「どこで？」

「そこのトイレ」

「嘘《うそ》やん」

先輩はバスの中に備え付けてある珈琲《コーヒー》を手にしたまま、眉《まゆ》をひそめてそう言った。

「カオリがこんなところおるわけないわ」

「だってまだ仕事続けてるんじゃないんですか。目撃情報、よく聞きますよ」

「あの子、Tと離婚したやん。TもTの新しい嫁も同じ業界やし、あんだけ専業主婦になる宣言して辞めて、戻りにくいから、田舎に帰って介護の仕事してんねんで。私、カオリと田舎が同じじゃやから知ってんねん」

「でも……」

あちこちでカオリさんは目撃されているではないかと言いたかった。

「似た子がおるんちゃう？」

確かにカオリさんの容姿は、そう特徴がない。

「生霊かと思いましたよ。自分の夫を略奪したマリさんへの恨みで」

私は半分冗談、半分本気でそう言った。

不謹慎で悪趣味なのは承知で、そうだったら面白いのにという下世話な気持ちがあった。

「カオリがTに未練あるかどうか知らんけど、別れて正解やで。Tはカオリの前の嫁さんとDVが原因で離婚してたくさん慰謝料払ってん。異常に嫉妬深いのがエスカレートして暴力振るってたらしいわ。そやから新しい女ができたから離婚したにしろ、もしかしたらちょうどいいタイミングで逃げたんかもしれんで」

そう言われて、私はカオリさんがTさんからの激しい嫉妬をまるで愛されている！と言わんばかりに惚気ていたのを思い出した。あんなもの誰が見ても共依存だ。暴力を振るわれることや、子どものように自分の女が他の男に挨拶しただけで物を投げたり怒鳴ったり、あげくの果て家に閉じ込めようとする行為が「愛」のはずがない。

カオリさんは、「愛」という夢から覚めて逃げたのだろうか。

もしもときおり現れるのがカオリさんの生霊ならば、それはマリさんへの嫉妬か、Tさんへの恨みか、どちらなのだろう。

「ねぇねぇ、聞いてくださいよ。旦那がね、すっごく焼きもち焼きで、泊まりの仕事行くなって言うんです。ラブラブでしょ？」

マリさんは、かつてのカオリさんのように、顔を合わせる度に、Tさんの嫉妬と依存を自慢げに口にする。

この娘が夢から覚めても、また同じことは繰り返されるのだろうなと思いながら、私は彼女の話を聞いていた。

作家志望の女

絆《きずな》とかつながるとかいう言葉が嫌いだ。

東日本大震災以降、やたらとその言葉を目にするようになった。ときには、全然関係ないじゃないかという場面でも「絆」とか書かれていたりして、うんざりする。人とつながるということにわずらわしさをまず感じてしまう私がおかしいのか、少数派なのだろう。

もちろん大事な人たちとは仲良くしていきたいと願っているけれど、昨今の、相手かまわず誰とでも友だちになりたいという風潮は理解できない。だいたい、友だちってなろうとしてなるもんじゃない。結果的なものであって、目的ではないと思っている。

恋愛だってそうだ。いい歳《とし》して、「恋したい〜。恋って楽しいよね〜」などと言っている女を見ると、余計なお世話ながら大丈夫かと心配になる。

それでも一応、twitterやFacebookなどのソーシャルネットワーキングサービスはやっている。私のようなパっとしない作家は自分で宣伝していかなければならない。それが第一の目的だ。ネットから発信する宣伝というのはあなどれない、しかも無料だ。

宣伝目的のためにはじめたとはいえ、そこから思いがけず昔の知り合いと再会したり、新たな出会いが生まれたりもしている。夫と結婚したきっかけもtwitterだった。

それでもやはり自ら出会いを求めようとは思わない。だって見ず知らずの人はこわいもの。文章を書く仕事をしていると多少は仕方がないと周りを見ていても思うが、驚くほど困った人たちがよってくる。

私はそう考えるけれど、大多数の人たちはSNSで「友達」になるのが大好きだ。思いがけぬ、知りたくないことを知ってしまったり、厄介なことのほうが多いと思うのだが。

たとえば昔の男の活躍の情報を自分の気持ちがネガティブになっているとき「友達」の投稿でふと目にしてしまうと、更に気分は落ち込む。

狭い世の中、どこかで誰かとつながっているから、「友達」の書き込みのコメント欄に、昔の男の妻の書き込みとかを見てしまい複雑な想いにかられることもある。

アヤカは私とは知り合いの知り合いといった程度の関係だ。

飲み会で、「不倫」経験の話になったことがある。三十代も半ばを過ぎて独身であれば、過去や現在、既婚者と交際経験のある女は少なからずいる。

「でも、不倫て、所詮二番手じゃないですかぁ。私は嫌だな……でも、実はこんな経験があって――」

以下は、アヤカが語ってくれた話だ。

アヤカが友人たちと飲んで、昔の男の話で盛り上がった。昔の男の話をするときに、未練を口にする女は滅多にいない。どこまで本音か知らないけれど。「あんな男と別れてよかった」というのが大多数だ。

三十代後半のアヤカには今は恋人はいない。けれど容姿を磨いて自分を「結構なレベル」だと思っているアヤカは彼氏がいなくても悲壮感はない。自分がその気になればいつでも男はつかまえられると思っている。

アヤカの最後の男は、二年前に別れた男だった。その男とは五年間つきあって、結婚するつもりでもいた。

別れたのはアヤカが会社をリストラされ転職するゴタゴタの最中だ。そんなときこそ結婚話を彼が持ち出してくれることを願っていたのに、彼はふんぎりがつかないままだったのでアヤカがキレて別れたのだ。

けれど別れてからも半年間は、彼はアヤカの部屋に来てセックスをしていた。つまりはセックスフレンドになっていた。なんだかなと思いつつも、他に男がいるわけでもないから、まあいいかとアヤカも思っていた。けれど半年後に、やはりアヤカが彼の決断力の無さに怒り「もう会わない」と告げて、それから二度と会っていない。

「優柔不断だし、あんな男、フッて正解」

アヤカは友人たちにそう言ったし、本当にそう思い込んでいた。

友人たちと「元カレ」話で盛り上がった夜、酔っていたのか、ふとなんとなく家に帰り彼の名前をネットで検索してみた。

最初にヒットしたのが、Facebookだった。

アヤカはつい彼のページをクリックする。

目に入ったのが、彼が微笑みながら子どもを抱いている写真だった。SNSでありがちな「家族」写真である。

あれ？　結婚したんだ。まあ、私と別れて二年、連絡とらなくなってから一年半は経《た》ってるしね……とアヤカは考えたが、ふと首をかしげる。

子どもが、大きい。昨日今日生まれた子ではないだろう。

アヤカは元彼の書き込みをさかのぼって読み始めた。

主に彼の書き込みは家族のことであった。しかも、写真の子どもだけではなく、もうひとり大きい子どもがいるのだ。

わかったのは、彼は数年前に結婚して、子どもをふたりもうけていた。今は奥さんと四人家族で幸せに暮らしているらしい。

アヤカは驚愕《きょうがく》した。

ちょっ、ちょっと待って⁇ と、いうことは、私とつきあってるときも、別れてセフレ関係になったあとも……ずっと奥さんいたの？ 子どももいたの？ 私、知らない間に不倫してたの？？？

そりゃあアヤカとの結婚を躊躇《ちゅうちょ》するはずである。結婚できないのだから。

「彼とは五年つきあってたんですよ⁇ 私にメロメロだったんです‼ 結婚するつもりでいて、向こうもそんなノリだったのに……でも、まあ、今は別れて正解だと思っています。でも自分が知らずに不倫してたなんてショックでした」

もう別れているのだから、今さら彼に何かをいう気はないと、プライドの高いアヤカは言った。

アヤカに限らず、「インターネットで元の恋人の名前を検索」は、ロクなことがないのは、よく聞く話だ。

ところでアヤカは私と最初に会ったときに、「私、ライターなんです」と名乗り、その通り肩書きに「ライター」と書かれた名刺を差し出した。飲み会のときでも「ライターやっています」と自己紹介していた。

しかし実際のところはアヤカは普通の会社員で、その会社は出版とは全く関係がない。アヤカいわく、「前の会社がガラス工芸品を扱っている会社で、会社のHPの商品説明の文章を書いてた」らしい。

それってライターじゃなくて、会社員の仕事の一環に過ぎないじゃないかと口にしないけれど内心は思っていた。アヤカが文章の仕事の世界に憧《あこが》れが強いというのは出会ったときからひしひしと感じていたからだ。

アヤカと知り合った当初は、私は小説家デビューしたばかりだった。その後、なんとなく仕事が増えて忙しくなった。

その頃から、アヤカは「私は作家になりたい」と言い出した。「何を書きたいの?」と聞くと、「自分のこと」と答えていた。これも作家志望にありがちな答えだ。

アヤカの話を聞いてみると、昔から「作家」「編集者」という人種に近づこうとしていたのがわかった。私のイベントに来ていた男性編集者に、「ライターやっています」と名乗り「ライター」名刺を渡したりもしていた。

アヤカは私に懐いていたが、私は内心困っていた。名刺を持てばその日からフリーライターだとはよくいうが、ライターではない人がライターと名乗り編集者に売り込むきっかけを作るのが嫌だったのだ。「花房さんに紹介された」なんて話になるのが厄介だ。だいたい「作家になりたい」とあちこちで言っているのは知っているけれど、何かを書いたり応募している様子もない。そんな作家志望は周りにたくさんいるし、勝手だが、私は関《かか》わりたくない。

ただでさえ、小説家になってから、イベントで顔を合わせたことがある程度の人が「花房さんの友だちなんです」「花房さんと親しくしています」と、第三者に自分を売り込もうとしたりしているのを耳にしたことが何度かあって、それだけでも十分困っていた。

私はアヤカと距離をとろうと思った。

アヤカのSNSも気持ちが悪かった。異様にテンションが高い。「私ってエロい女！」とか、どう見ても普通のアヤカが叫んでいるのが痛々しい。そこには過剰な自己顕示欲しか感じられなくてうんざりしたのだ。SNSは自己顕示欲の強い者たちの自己表現の場であるのは承知していたが、疲れている時に見るとげんなりする。

特に「書いていない作家志望」の人たちにそういう者は多い。ずっと自分の自撮り写真ばかりをあげて、常に「ワークショップ」「イベント」を開催したり、通ったりして、朗読などの「パフォーマンス」に熱心で、そのくせ文章を書いてる様子がほとんどない「作家志望」の女も知っている。

小説を書きたい、文章を書きたいのではなくて、作家になりたい人たちだ。そんな人たちは世にあふれていて、しかも容姿に自信のある女はそこで、写真をUPしたり、「エロい私」をアピールするために一日中インターネットにはりついている。

そんなことする暇があれば書けよと言いたくなるのだが、まあ、関わらないのが一番だ。わけのわからん逆恨みやら嫉妬《しっと》を受けることがあるから近寄りたくない。

そう思って、アヤカとは距離をとろうとしたのだが、遅かった。

アヤカは私がtwitterのフォローを外しただけで、手のひらを返したように私の悪口をつぶやきはじめた。名前は出さないのだが、読む人が読めばわかる。私のつぶやきなどをあげつらって〈この人、こんなこと言ってるけど、こういう人に限って○○なんだよね～（笑）〉と、いちいち馬鹿にしたようなニュアンスだ。

〈あの女さぁ～官能小説とか書いてるけど、容姿知ってたら経験ないのわかるよね（笑）〉

〈エロい経験がないから、妄想で書けるのかな。私はそういう意味では経験ありすぎて書けないのかもwww〉

〈私は外国人とも経験あるし、行きずりとかの一夜の遊びも楽しめる大人の女で、リア充過ぎてエロい小説とか書く気にならないのかも。その点、モテない女はいいよね～〉などと、言いたい放題だ。名前を出さないなら中傷にもならないと思っているのだろう。うんざりもしたが、私は、こういう人をつい面白がってもしまう。今まではアヤカのSNSは自己顕示欲のみでつまらなかったが私を「敵」と見なしたことで活性化してきた。見るだけではなくて、記録していた。アヤカの私に対しての嘲笑《ちょうしょう》や罵倒《ばとう》のつぶやきをコピーして保存していた。

そのうちアヤカは、友人と思われる人とやり取りをしはじめた。友人が〈なんなのその女？　私がその筋にいってやろうか？〉などとつぶやくと、アヤカが〈そこまでする相手でもないよー。あんな程度の女〉と、なんだか穏やかではない。

〈私の知り合いに、怖い系の人いるから、その女にキツくお灸《きゅう》をすえてやろうか？　マジもんで彫なんかもいれちゃってる人だよ〉

〈その筋の人が出てくるほどのもんじゃないよ。あんな無名の小説家気取りの女〉

ライター気取りのてめえに言われたくねーよと思うし、「その筋の人」に、何かされるようなことは全くしていない。なんでそんな大事になるのか。

アヤカと友人は、いちいち私の言動に対してなど、〈（笑）〉〈www〉というように嘲笑のやり取りをはじめた。

〈これ見てるかな〉〈絶対見てるはずだよ（笑）〉とも言われていたが、実は見ていただけではなくて記録していたのである。そのうち何かに使えるかもと思って。あと、ホラだとは思っていたが、実際に「その筋の人」に出てこられたときの証拠にするために。

そのうち奇妙なことに気づいた。

アヤカとアヤカの友人は、同じ時間につぶやきをはじめる。同じ時間に起きて、寝る。いちいち〈おはよう〉〈おやすみ〉と、つぶやくから生活パターンがわかるのだ。

そして彼女たちのつぶやきを見ていると、好きな歌手や好きな映画、趣味が全く同じだ。どんなに仲の良い友人でも、そんなふうに全てが一致することなんてあるのだろうか。

私は友人で、アヤカたちのやり取りに出てくるのとは別の意味の「その筋の人」に、ふたりのつぶやきを見せた。

「同一人物だね。ひとりの人間が、もうひとつアカウントを作って、やりとりしているように見せかけてるんでしょ」

「何のために？」

「あなたに対して虚勢を張るためだよ。自分ひとりがあなたを笑っているんじゃないぞ、と。それにしても普通の会社員の子が、『その筋』をネットみたいな証拠が全世界に残される場所でちらつかせるなんて、頭が悪いのか、逆に脅えているかだろうね」

「どうしてそこまでめんどくさいことするんでしょうね」

「それはあなたが一番わかってるだろ。この人、ライターって名刺に書いたり、作家になりたいって言ったり、あなたが羨《うらや》ましいんだよ。身近な人が、自分が憧れている世界にひょいひょいとはいっていったのが羨ましくて、自分もそのおこぼれをもらおうと近づいたけど、あなたに冷たくされたから許せなくて、必死にネットで吠えてる」

「ひょいひょいと入っていったんじゃないんだけどな。努力もしたし苦労もしたし、だいいち、私、すごく書いてるし」

「その辺は、見てないんだよ。彼女からしたら、華やかな成功しか目に入ってない」

「彼女に限らず、書いてない作家志望ほど、いちゃもんつけてきたりするんですよね」

「書いてないのは、書けないからですよ。まあ、相手にしないほうがいいね。ネットでもうひとつアカウントを作ってまで牽制してるのは、あなたに何か書かれるんじゃないかと怖がってるんじゃないかな」

実は私も、ひとりでふたりを演じて私の悪口をやり取りしているのかもと薄々気づいていたが、「その筋」の友人の言葉で確信を持った。

そのうち彼女は、〈私は嫉妬なんてしない、したことがない。そういう女じゃない〉と、まるでこちらの話を聞いていたかのようにつぶやいていた。

嫉妬なんてしない、したことがないなんて言う女は、嘘吐《うそつ》きだ。

私の知り合いの「その筋の人」に、彼女のその発言を告げると、彼はこうも言った。

「あなたが話してくれた、彼女が元彼と知らない間に不倫してたのをFacebookで知ったって話、あるけど、あれも彼女の言い分は嘘が混じっていると思うよ」

「そうなの？」

「ここまでプライドが高くて虚勢で心を守っている人だから、自分からフッたことにしてるけど本当は違うんじゃないか。だって、彼も名前を検索したらすぐバレるのに、結婚してないなんて嘘を吐くかなぁ。僕の推測だけど、最初の別れたところまでは事実だろうけど、その後、彼が結婚したのを知らずに関係してたというのは眉唾《まゆつば》だ。彼女のほうが彼に縋《すが》ってたんじゃない。この人は、恋愛においても何においても自分が優位に立っていると言いたい、臆病《おくびょう》な人なんだろうね。他の女と結婚した元彼と関係していたというのをプライドが許さないから、結婚していたのを知らなかったとか言ってるんじゃないの、女友だちに対して」

「ややこしい人ですね」

「だから、あなたも関《かか》わるのを止《や》めなさいよ。あなたがそうして観察してネタにするような人だって彼女は知ってるから怖がってるんだよ。自分の悪口言ってる人間を面白がって記録するとか悪趣味だよ。ネタにしようと思ってるでしょ」

「うん、思ってる」

「だから変な人がよってくるんだよ。やめなさいって」

私はそれからアヤカのつぶやきを見るのをやめたし、記録もしなくなった。

彼に忠告されたからというよりも、つまらなくなったし、ネットで別の変な人や危ない人を観察していてそっちが楽しくなったのだ。そのうちアヤカのことも忘れていたし、私のところに「その筋の人」が来ることもなかった。

あれから数年が過ぎて、こうしてアヤカのことを書いたので、彼女についての記録を私はようやくパソコンのファイルから消した。

生霊に脅える女

「恋したい」が口癖のイツミさんは私より年齢が少し上の独身女性だ。本人曰《いわ》く「恋はたくさんしたけれど、結婚て向いてないの。相手がしたがったら、私が逃げちゃう」らしい。

美人ではないが雰囲気のある女性だった。つまりは自己演出に長《た》けていて、きっと男性の気を惹《ひ》くのは上手《うま》いのだろうなとは察した。

イツミさんと知り合ったのは、とあるイベントだ。

「花房観音《かんのん》さんですか。私も怪談や官能を書いているんです」と、名刺を渡された。

名刺には「作家」とあった。聞くと、普段は派遣社員として働いているが、電子書籍のレーベルで官能を二本ほど発表していた。私が官能だけではなくて、たまに怪談を書いているのを知ってか「私、こわい話、大好きなんですよ」と言われた。

彼女は、「霊は見たことはないけど、感じはする」とのことだった。怪談に関しては自分の体験を小説にして新人賞に応募し、一次だけは通ったらしい。

過去に有名な小説教室に通っていたり、新人賞に応募したりと真面目《まじめ》に小説家を目指してはいる人だというので少し安心した。

今までの経験からいうと「小説家を目指してる」と言いながら、書いたり応募したりしたことがない人に懐かれると、ロクなことがない。前述のアヤカがいい例だ。

イツミさんはそういうタイプではないと思った。落ち着いた女性で気やすくなり、たまにメールのやり取りをするようにもなった。

イツミさんの、今までの恋人はほとんど既婚者だったらしい。

「私が結婚したくない女だから、そっちのほうが続くんです。奥さんから略奪しようなんて気はないの。都合いいつきあいだって友だちにはよく怒られるんだけど」

世の中には、「不倫」を嫌う人がたくさんいるのは承知だ。

自分が妻の立場であるとか、親の浮気で悩まされたとか明確な理由がなくても、人を傷つけるいけないことだからと嫌悪感を剝《む》き出しにする人は少なくない。

そういう人たちがいる一方で、不倫経験者が多いのも事実だ。私自身もそうだし、周りには独身、既婚者問わず、たくさんいる。

私自身は、いけないことだと知ってはいても、好きになってしまうのはしょうがないと考えていた。結婚は制度だ。欲望は制度や道徳を超えてしまうことがある。私は小説家だから、どうしてもその欲望の果てに興味を持つ。

だからイツミさんの不倫話に嫌悪感は持たなかったし、彼女もわかっているから話してくれたのだろう。

「不倫だから性的に燃え上がるのは、わかるでしょ？　約束のない、将来のない関係だからこそ、お互い快楽に走られる。その関係はね、私、『純愛』だと思うんですよ。私、本当に男の人を愛してきたし、愛されてきたんです」

イツミさんはそう語った。

彼女の言いぐさは不倫を否定しない私からしても、身勝手な話だなとは内心思っていた。たまに彼女が口にする「子どものいる母親が女になっちゃいけない。母親が性や恋愛に走ると子どもが不幸になる」というのも傲慢《ごうまん》に聞こえた。

他の人がいうならともかく、ずっと既婚者ばかりと関係してきた彼女が「母親が女になるな」というのは、何様かと思う。

イツミさんに頼まれて、新人賞に応募して落選したという彼女の小説を読んだことがあるが、正直、話は悪くないけれど登場人物たちの誰にも惹かれなくてつまらなかった。最後まで読むのが苦痛だった。

イツミさんに「どうでした？」と聞かれて困ったが「もっとドロドロしてもよかったん

じゃないのかな」とだけ告げた。

イツミさんは、がっかりした表情で「いろんな人にそう言われるんですけど、私、人の醜いところ書きたくないんですよね。恋愛のドロドロしたのとか、嫌なんです。恋って、素敵なものだし、かっこよく恋したいじゃないですか」と、言われたときに、私はイツミさんという人の中身が少し見えた。

イツミさんは自己演出に長《た》けている。「いい女」「カッコいい女」「おしゃれな恋愛をする女」を演じている。それが彼女にとってのプライドなのだろう。ただ彼女の小説と同じで、私は彼女自身の言動にも自己陶酔している様を度々感じる。自己演出と陶酔は紙一重だ。

恋愛なんて極楽と地獄を伴うドロドロしたものだ。好きになればなるほど、のめり込めばのめり込むほど、男も女も醜いところが噴出する。恋愛はカッコいいもんでもおしゃれなもんでもない。むしろ人間の欲と業が露《あら》わになるものだから、対極だ。

イツミさんが「私は結婚向いてない」というのは、たとえそれが無意識にしろ本当はきちんと男の人と一対一で向き合えない、向き合うのが怖いからではないのだろうか。だから不倫恋愛という「いいとこどり」しかできないのではないか。

彼女は不倫相手との性関係を「純愛」というがそれも違うような気がした。彼女は「追いたくないんですよ。だからすっぱり別れる」と言って、男に未練を残したこともないと言うが、単にそこまで惚れてないだけではないか。

彼女にとっての恋愛は「カッコいい私」「いい女の私」のために必要なアイテムであるから、ドロドロしないのだ。

……と、まあ私が意地悪な見方をしてしまうのは、自分が「カッコいい恋愛」「潔い恋愛」などしたことがない、執念深くて醜い恋愛をしてしまう僻《ひが》みなのだろう。

私はいつも恋愛では醜態をさらす。執念深く男を追うし、未練も残る。

私にとって恋愛とは決してカッコいいものでも素敵なものでもない。

「花房さんの書く恋愛って、ちょっと私、理解できないところあるなー」と言われたことがあるが、確かにイツミさんからすればそうなのだろう。

友人のフリーランスの編集者の男性と新宿で飲んでいるときに、私はイツミさんのいきつけのバーが近くにあることを思い出して、居酒屋の後にふたりでそこに行った。

彼とは仕事仲間というよりは友人関係だった。彼の奥さんも子どもも知っている。

バーに行くと、イツミさんがいた。ひとりで店のマスターと話していた。

私は彼をイツミさんに紹介すると、イツミさんは嬉しそうに「私も作家なんです」と、彼に名刺を渡した。

「今度、御本読ませていただきます」と彼が言うと、イツミさんは苦笑して「電子書籍だけなんです。早く紙の本を出したいんですけど……」と口にした。

酒も入って楽しそうに彼とイツミさんは話していたが、私は内心、初対面の男性に適度な隙を見せて甘えた声を出したり、下品にならない程度に巧みに性的な話題をチラつかせるイツミさんを、やはり男の気を惹くのが上手い人だなと思って眺めていた。

その場はそれで終わり、彼は帰りのタクシーの中で「イツミさん、楽しい人だな。チャーミングな女性だ」と酔った顔で言っていた。

そのときに、嫌な予感はしていた。

イツミさんが、彼を潤んだ眼差《まなざ》しで見つめながら、「恋はしたいんです。だって恋してないと女は綺麗《きれい》じゃなくなるんだもん。今はフリーなんです。だから、恋、したいな。私、恋したいだけで結婚はしたくないんですけどね。生活を共にしないほうが純愛のままでいられるから」なんて聞いてて気恥ずかしくなるような言葉を口にしていたからだ。

私にも、翌日〈素敵な方を紹介してくださって感謝です。イケメンなのでクラクラしました（笑）〉とメールが届いた。

彼の奥さんからメールをもらったのは半月ほど後だろうか。

〈花房さんに聞きたいことがあるの。たいしたことじゃないんだけど〉とあったので、内容を聞いた。

〈イツミさんて、花房さんのお友達よね。この前、うちの夫、その人とふたりで飲みに行ったらしいの。だいぶ酔って、遅く帰ってきたのよね。遊んでくるのは全然いいんだけど、独身の女性が結婚している男性とふたりで飲むの、誤解されないかしらね。仕事がらみなら私も気にしないんだけど。花房さん、ふたりで会ってるの知ってた？〉

私は返事を送った。

〈すいません、初耳です。紹介したのは私なんですけど……私の知らないところで仲良くなってたんですね。びっくりしました〉

私は薄らと罪悪感を奥さんに対して感じた。何もなくても、彼女が心配しているのは事実だ。そのきっかけを作ったのは、私だ。

〈まあ、いいんだけどね。私もうるさく言いたくないし、大人だから……信用してるし。でも、私、花房さんは顔を合わしたことあるけど、そのお友達は知らないでしょ？　だからどういう方なのか、知りたくて。なんだか、最近やたらとそのイツミさんがうちの夫のSNSに意味深なコメントしてるの見かけるのよね〉

私は予感が当たったのだと思った。あのときの、嫌な予感が。

それにしても行動が早いと感心する。イツミさんが彼に興味津々だったのはその場の態度から察していたし、既婚者である彼はイツミさんにとって「都合のいい男」だ。しかも編集者という肩書が「紙の本を出したい」彼女にとっては興味を惹《ひ》くのに違いない。

彼の奥さんが言いたいのは、結局のところ「ややこしいことになる前に、止めてくれ」ということなのも理解した。

〈大丈夫だと思うんですけど、ちょっと彼女にどんな感じだか聞いてみますね〉

私がそう奥さんにメールをすると、

〈ありがとう。なんか変なメールしちゃってごめんね〉

と、返事が来た。

めんどくさいことになるのも嫌だが、それ以上に私は不愉快だった。

イツミさんだけではなく、「作家志望」「本を出したい」という女が編集者の男性を見ると目の色を変えて近づくのを何人も見てきた。

けれどまず小説を書いて新人賞に応募しろよといつも思う。私の友人の作家たちは真面目に書いている。

コネを、しかも男女の関係を匂《にお》わせてというのは嫌いだ。どこの世界でもあることかもしれないが、私は直接関《かか》わりたくない。

奥さんが私にメールしてきて夫を疑うのは、彼に浮気の前科があるからだ。それは以前、彼との酒の席で聞いていた。彼はそのとき、浮気相手に嵌《はま》って離婚まで考えた。さまざまなゴタゴタの末に奥さんの元に戻ってきたらしいが、一度そういう経験があれば、奥さんが疑心暗鬼になるのも当然だ。

私も以前、彼の奥さんに疑われて探りをいれられていたものだ。

「俺がよく花房さんの話するから、うちの嫁が一度会いたいって」

そう言われて、彼の家に行ったときに、奥さんと顔を合わせた。穏やかそうでおとなしそうな女性だったが、扉を開けて私を迎えたときに一瞬見せた表情はよく覚えている。

じっと見据えていた。

どんな女だろう、どういう顔をしてここに来たのだろう——確かめてやろうとその表情は語っていた。

すぐに笑顔を作って「いらっしゃいませ」と明るい声を出したけれど、その日、彼の家で私は非常に居心地が悪かった。

彼の妻に、この女は、夫とはどういう関係なのかと、ずっと探られているのが言葉の端々とその視線でわかったからだ。

けれど、私が帰る頃には彼女の表情は穏やかになっていた。私は結婚もしていたし、彼と私との雰囲気で何もないと判断したのだろう。

「うちのカミさんは、フレンドリーでさ。俺の友だちとか、家に呼びたがるんだよね。仲良くなりたいみたいでさ」

彼は私に後日、そう言ったが、内心、アホかと呆《あき》れていた。

何がフレンドリーだ。奥さんが彼の友だちを家に招くのは彼の行動を把握して人間関係を監視するためではないか。

しかし、今さら男の鈍感さに口出すつもりもなく、そのままにしておいた。

私はイツミさんにメールをした。

〈変なこと聞いてごめんね。〇〇さんを誘ってふたりで飲みに行ったそうですね。私知らなかったんでびっくりした〉

すぐに返事は帰ってきた。

〈私が誘ったんじゃありません。誤解なさらないでください。彼の編集された本を見たいと言っただけです〉

〈どっちでもいいし、仲良くなるのは別に構わないけど、〇〇さんも忙しい人だから〉

〈花房さん、気に障ったんですか（笑）〉

私はこの（笑）が、カチンと来た。どう考えてもこれは嘲笑《ちょうしょう》のニュアンスだ。

〈私はいいけど、奥さんいる人だから誘うのもほどほどにしたほうがいいんじゃないかな〉

〈だから、向こうから誘ってきたんですよ。大人なんだからいいでしょ〉

飲みに誘ったのは彼かもしれないが、彼が編集した本を見たいと言ったのはあんたなんだから、あんたが彼に誘わせたようなものじゃんと言いたくなったが、こらえた。だいたい、初めて顔を合わせたときに、あんたは露骨に彼へ興味を示していたではないか。

結婚していようが、気が合ってふたりが恋愛関係になるならそれは止めようがない。ただ、彼の編集者という立場に何か利益を感じているのなら私は不愉快だ。

〈もしかして、嫉妬《しっと》してるんですか（笑）〉

また、（笑）だ。

私は、様々なことに気づいてしまった。

彼女はずっと私を馬鹿にしていたのだ。

前に言われたことがあった。

「私は性愛の悦《よろこ》びを知っているんです。男の人と本当に愛し合ってきたから。でも花房さんの書かれたものを読んだり、お話を聞いていると、過去の男の人を恨んだり憎んだり、なんだかすごく勝ち負けにこだわっているような気がする。それって恋愛じゃないと思うし、そこに本当の性愛の悦びはないと思うんです」と。

私だとて全《すべ》てを書いたり人に話しているわけでもない。少しばかりの「過去」の話しか書いていない。それだけで、「私は性愛の悦びを知っているけど、あなたは知らない」とばかりに上から言われたときは、少し不愉快だった。

私からしたら彼女のように「恋愛に潔くて、男を追わない、過去の男にこだわらない」人は、カッコいいかもしれないけれど、本気の恋愛なんてそんなさっぱり断ち切ることができるのだろうかという疑問がある。とにかく、あんたに言われたくないよ！　なのだ。

〈彼の立場を利用するようなことや、彼の家庭に迷惑をかけるようなことは止《や》めてくださいね。私が言いたいのはそれだけです〉

と、メールを送る。

〈恋愛経験も少なくて性愛の悦びも知らないのに官能小説書いたり、幽霊を見たこともないのに怪談書いたり、そんな人に偉そうに言われたくないです〉

と、いう静かな怒りを込めた返事が来たが、私はそのとき、結構本気で腹を立てていたので、そこでメールのやり取りをやめた。

怒っているときに感情的な文章を書くと、ロクなことがない。

それから、イツミさんはtwitterやFacebookで「生霊」について書きはじめた。

「私今、あらぬ疑いをかけられ生霊にとりつかれています」

「生霊対策には何がいいか教えてください」

「塩を買って部屋に置いています。これで今日は生霊にとりつかれずに眠れるかな」

「生霊の件を友人に話しました。大変だねって笑ってもらえた。女の嫉妬ってすごいよね〜って飲みながら話しました」

「お祓《はら》い行くことにしました。生霊がとりついて離れないんです」

名前は出されてはいないが、どうも文脈から察するには、生霊とは私のことらしい。

私はつい、「生霊になっていませんよ。そんな能力は私にはありませんから」とメールをしたが、彼女からは返事はなかった。

彼からもその妻からも連絡はない。もしかしたら彼はイツミさんとつきあって、私の悪口を散々吹き込まれているような気もしないでもない。完全に彼からの連絡が途絶えてしまったのだ。彼から相談を受けた仕事の企画も、私が様々な協力をしたり人に紹介もしたのに放ったらかしにされたままだ。用件があってメールをしても完全無視だ。彼が私と距離を置くほどに、イツミさんと何かあったんじゃないかと考えずにはいられない。

彼がイツミさんに惚《ほ》れて、彼女と一緒に私を嫌うようになったのなら、それまでだ。正直、メールを無視する彼の無責任さや大人気の無さに失望していた。

私への生霊疑惑はしばらく続いていた。

最初は彼女は私に対しての嫌がらせと、周りの同情をひいて「私って嫉妬されてるモテてる女！」とアピールしたいがために書いているのかと思っていたが、本気で脅《おび》えているような気がしてきた。

知人が、「イツミさんにこの前、パーティで会ったんだけど、すごくやつれてた。病気じゃないかな」と言っていたのも耳にした。

私は生霊騒ぎがあってからしばらく見ていなかった彼女のFacebookを覗《のぞ》くと、確かに彼女があげた自撮りの写真は、ひどく頬《ほお》がこけて老けて見えた。痩《や》せて彼女の尖《とが》った鼻やしゃくれた顎《あご》が目立ち、まるで魔女のようだった。

本当に何かにとりつかれているかのようだ。

「生霊がしつこいんです。まだ家にいます。ずっとこの部屋にいる。女の嫉妬ってこわいですね、本当に」

彼女の書き込みに対して、「大丈夫ですか？」と心配している人のコメントもあった。

しかしそのコメントは生霊への心配ではないことに、彼女は気付いているのだろうか。

彼女は私の生霊に未《いま》だに脅えているかもしれないが、私は生霊を飛ばしていない。勘違いだ。というか、人違いだ。

飛ばしているとしたら、彼の奥さんだ。

だって彼の奥さんは、彼がSNSで他の女性としているやり取りも全てチェックしているし、彼と関わる全ての女に対して警戒し探りをいれているのだから。

もしイツミさんが、あの後も彼と何かあったのなら、奥さんはイツミさんを呪《のろ》いもするはずだ。

けれど彼は全く自分の妻の呪いに気づいていないだろう、きっと。

彼はその辺、とても無頓着だ。彼だけではなくて、多くの男が、自分の妻の嫉妬を甘く見ている。信頼しているのではなく、なめているのだ、妻を。

「自由にやらしてもらってるよ、うちの奥さん、心広いから」

そう言いながら浮気している男をたくさん知っている。

男たちは、奥さんが直接何も言ってこない＝信用していると思い込んでいるのだ。

口にしない妻のほうが、裏に恐ろしいものを隠しているというのに。

彼女はまだ私の生霊を信じて騒いでいるのだろうか。

いくら祓おうが塩を撒《ま》こうが見当違いだというのに。

私にはそんな力はない。

昔、恨んで呪って憎んで生霊を飛ばそうと願い続けて、できなくて悔しい想《おも》いをしたことが、あったのだから。

生霊になりたい女

私が他人の不倫には寛容なのは、自分もしていたからだろう。

結婚前に、好きだった人は奥さんも子どももいた。

仮に彼をMさんとする。東京に住んでいる人だった。

Mさんのことは何度か小説のネタにもしている。自分の人生の中では重要な存在だったし、一時期は本当に心の底から好きで夢中だった。

Mさんと知り合うまで、私は相手に他に女がいようが妻がいようが平気だった。いや、自分は平気だと思い込んでいた。今では信じられないが、私は嫉妬《しっと》なんかしないと信じていた。私がそう言うと、Mさんに「君はかなり嫉妬深いよ」と言われたことがある。そのときは驚いたけれど、実際その通りだったと後に痛感することとなる。

真剣に好きだったからこそ、奥さんがいることがつらくなった。最初に「奥さんとは別れないから」と言われていたし、女性関係が病的に激しい人だったので承知の上のつもりだった。

けれどいろいろあって想《おも》いが募り仲が深まるほどに苦しくなった。

Mさんとつきあって初めて、私は不倫がいけないとわかった。奥さんを傷つけるからではなくて、自分が苦しいからだ。

彼に何かあっても私は傍に駆け付けられない。もしもMさんが事故や病気で入院して亡くなっても、近くにはいけない。一番恐ろしいのが知らずにそのまま過ごすことだ。

結婚している人とつきあうには、その人の死に目に会えないという覚悟が必要だと気づいた。私にはそんな覚悟はなかった。ひたすら恐怖しかない。

その瞬間が来たら、悲しくてつらくて耐えられなくて、どれだけ苦しいか想像するだけでしんどくて、別れなければと決意した。

どっちみちMさんと一緒になれるとは思っていなかった。すごく好きではあったけれど、お互い我の強い者同士ですぐにぶつかってしまう。たまに会うなら楽しいけれど、それ以上は無理だ。

彼は妻以外にもたくさん女性がいて、自分に興味を持つ女には節操なく次々と手を出していた。賞賛されたい人だった。自分の作品を褒める女をすぐに口説く。女たちも才能あるMさんに「好きだ」「愛してる」と告白されるとなびいてしまう。そう、何よりも彼の魅力は、「才能」だった。

Mさんの周りには彼と関係のある女がたくさんいた。Mさんは映像の仕事をしていて、その世界では名も知れていたが、本当は文章を書いて世に出たい人だった。そのせいか「文章を書く女が好き」と私には言っていた。

私に手を出してきたのも、私が小説家志望で文章を書く女だからだ。そして彼の周りの「文章を書く女」は、ことごとく彼に口説かれてセックスをしていた。

「僕は性欲が強いし、女の人に甘えたがりなんだから、仕方ないよね」と、彼は自分が複数の女性と関係することを正当化していた。

彼にたくさん女がいるのは周知の事実だった。奥さんだって、もちろん知っていたであろう。だって奥さんの知り合いにも手を出していたのだから。

私が奥さんの立場なら耐えられないけれど、子どもがいるから、夫婦でいられるのだろうか。

ひとりで生きていけない、争い事を嫌がり、人に嫌われるのをこわがるMさんは奥さんと離婚する気はないと常日頃から言っていた。身の回りの世話をしてくれて、彼の行動を制限しない奥さんと彼が別れる気がないのは当然だ。

身勝手な男だということは承知していたが、当時の私は、自分はこの人を救えるだの変えられるだの勘違いをしていて彼にのめり込んでいた。

けれどやはりつらくて私はMさんと別れた。穏やかに関係を断ち友人になろうとした。まだ好きだったから、そんなふうに都合よく考えていた。

「友人」になってからしばらくして共通の知人たち数人と新宿で飲む機会があり上京した。そこでちょっとした諍《いさか》いがあった。ただ、その諍いに気づいていた人はおそらく私たち以外はいないはずだ。

Mさんは酔っていた。私を目の前にして、普段彼が押し殺しているサディスティックで悪魔的な部分がこちらに向かった。

「僕の奥さんは美人だよ。愛し合っている」

「でも、愛人もいる。放送作家で編集や文章の仕事もしてる」

正面にいる私に、おそらく他の誰にも聞こえないように妻自慢と愛人自慢をはじめた。

Mさんは、つきあっていた頃からわざと私を苦しめようとしたり、私が何を言われると傷つくか知っていて追い詰めようとするところがあった。彼の仕事のイライラをぶつけられたことも何度かある。普段は「いい人」に見られるように一生懸命振る舞っているけれど、支配的で嫉妬深くて自己中心的で我儘《わがまま》な男だった。彼は、自分を「許してくれる」女に対して攻撃的になる。

　私が小説家志望といいながら前に進めないことや、家族や仕事の愚痴を吐きながらも縁を切る、捨てる勇気がないことを何度も責められた。自分は妻も他の女も切れない癖に、私の行動力の無さに苛立《いらだ》って怒ることがよくあった。

　彼は私が泣いて吐いて鬱《うつ》状態になるまで追い詰めた後は、徹底的に謝る。自分のこういう部分はどうしようもないのだ、どうしても自分に好意を持つ人間に怒りを向けてしまうのがときおり我慢できないのだと必死に謝る。私もそれを許して、「この人には自分が必要」と思ってしまう。

　要するにDVの構造だった。私はDV経験のある女性や、暴力を振るう男性を何人か知っているけれど、前述のカオリさんの元夫のTさんと同じく男性たちは皆、外面がよく表面的には「いい人」だ。しかし彼らは、その分、怒りや憎しみを身近な人間、自分に逆らわない人間に向ける。そしてそれを向けられる女のほうは皆、従順で反抗しない、どこか「この人には私がいないとダメだ」「この人には私が必要」と考えている。つまりは共依存状態だ。

　私は最初の男とも、次の男ともそんな関係だった。彼もそれは知っていた、知っていながらも、自分のことを好きな私に暴力的な言葉を投げつける。

他の女の話をして、私の劣等感を抉《えぐ》り傷つけるのもよくあることだった。

新宿でのその夜、もう別れているはずなのに、彼は私をまたもや傷つけようとした。

「やめて」

私はMさんにそう言った。

「私の前で、そんな話をするのは、やめてくれる」

テーブルの下で、皆に気づかれないように足を蹴《け》った。

これ以上、そんな話を聞かされると自分が何をしでかすか、わからない。

「それでね、奥さんがね――」

Mさんは止《や》めなかった。それどころか嬉《うれ》しそうに妻と愛人の話を続けた。

あのときのMさんの楽しそうな表情は忘れられない。私が目の前で苦しんでいるのを見て喜んでいる表情を思い出すと、今でも手足が冷たくなる。

悪魔的とは、ああいう顔をいうのだ。

「やめて、お願いだから」

「家族と海外でしばらく過ごしたときね、たっぷり奥さんと愛し合ったんだ。でも愛人ともうまくいってるんだ。彼女と一緒に本を出す企画もあるんだよ」

Mさんは繰り返し、そう言った。

私に恨みがあるのか、この男は――そうとしか思えなかった。確かに私は、彼から去った。それに、その後も「友だち」として甘えていた。

多分、それがよくなかったのだ。自分が都合よく使われていることに彼は腹を立てたのだ。そしてもうひとつ、私は彼の知り合いとその頃、一度だけ関係をした。彼はそれを察していたのだと後になって気づいた。

私はその夜はよく我慢したと思う。本当は彼に殴りかかりたくてしょうがなかった。泣きわめくのを堪《こら》えていた。

けれど随分と酔った。解散したあとで吐きまくって新宿で醜態をさらした。

あれから私は今に至るまで新宿が嫌いだ。

翌日、京都に戻る長距離バスの中で怒りがむくむくと湧《わ》き上がってきた。

私がどういう想いであなたから離れたと思っているのか、今まで奥さんのことも他の愛人のことも私は何も言ったことはなかった。それを何で今、こうして私が嫌がるのを知っていてあなたは話すのか。

私が一番聞きたくないことだった。奥さんの話も、新しい愛人の話も。

私はその頃は小説家志望の普通の女で、京都でひとり暮らしして、貧乏で、四十歳の壁を目の前にして、未来も見えず鬱々と暮らしていた。

Mさんの奥さんはお金持ちのお嬢さんで好きなことをして暮らしている人だし、彼の愛人も文章を書く仕事をしていて成功している——彼は私が自分の将来が思うままにならない苛立ちに苦しんでいるのを熟知して、意識的に私の劣等感に彼女たちの存在で傷を負わせた。

〈昨日のあなたの発言は許せません。私がどういう想いで、今までやってきたのか。あなたは私がやめてと言っても私を攻撃するのをやめてくれませんでした。明らかに私を傷つけようとしました。どういうつもりですか〉

彼にメールをした。

〈僕があなたにしたことは謝っても許されるものではないけれど、ごめんなさい〉

そう、返事が来た。

彼の言うとおり許されるものではない。

たとえ酔っていたとしても、たまたま虫の居所が悪かったにしろ。

私はMさんを許せず、憎み始めた。

一時期は深い愛情があった分激しく憎んだ。

その後の私の行動は、ストーカーだと言われてもしょうがない。

〈あなたを許せない。あなたの奥さんと愛人のこともあれからずっと頭から離れなくて苦しい〉

〈なんであんなこと言ったんですか？　どうして私をわざと苦しめようとしたんですか？〉

〈私はあなたに尽くしてきたはずだ。なのにどうしてここまで言われなきゃいけないんですか〉

〈あなたが憎い憎い憎い憎い憎い許せない――〉

弾丸のようにメールを送り続けた。

あの頃は、夜、仕事を終えて家でひとりになるとずっと泣いていた。泣かない日はほとんどなかった。

誰にも打ち明けられなかった。彼との関係を人に話してはいなかったし、もともと奥さんや他の女がいるのを知っていた私が悪いんだと責められたらそれまでだ。

それに彼と私の間にあった出来事や気持ちは他人にわかるわけないし、わかったように言われるのが何よりも嫌だった。恋愛なんて個人的な話を勝手に分析されたり断罪されるのは耐えられない。

だから全て自分で受け止めなければいけないのだが――私の傷つけられた恨みはひたすらMさんに向かった。

彼と、彼の奥さんと、愛人にも。

もちろん逆恨みだとは承知だ。奥さんには罪はないし、むしろ被害者だ。私も今までは奥さんについて何か言ったことはなかったし、たとえば略奪しようなんて思ったことも、奥さんに何かをしてやろうなんてことも考えたことはなかった。自分はあくまで陰の存在で、訴えられても仕方のない立場なのだから。

どこかで奥さんに同情することで嫉妬心を抑えていたのかもしれない。夫に裏切られていることを知りながら、見て見ぬふりをして家庭を守る奥さんに。当時の私にとっては、奥さんが守っているのは妻としてのプライドにしか思えなかった。傲慢《ごうまん》を承知で言うが、それはとても欺瞞《ぎまん》に満ちた関係にしか見えなかった。けれどそうやって考えることによって、私は自分の心を守っていたのだ。

けれど、あの夜、やめてと繰り返し訴えたのに、奥さんの話をされた頃から、私の中に彼の奥さんの存在が張り付いて離れなくなった。

私は孤独で、将来も見えなくて、何も手にしていない。

それなのに彼は成功していて裕福でのうのうと毎日楽しく笑って過ごしている——私をこれだけ苦しめておきながら——。

私がひとりで毎日泣いて苦しんでいるのに、Mさんと奥さんは毎日何事もなかったかのように生活を営んでいるのが許せない。その裏で彼は放送作家の愛人とも楽しんでいる。

本当はメールだけではなく、彼の職場や家に押しかけて責めてやりたかったけれど、私にはお金がない。私は京都で彼は東京で、私はほぼ休みなしに仕事があり身動きがとれない。

今考えると、そこで仕事を放棄もせず踏みとどまっている時点で、私は度胸がなくて冷静なのだ。何もかも放《ほう》り投げてしまえない分別があった。若い頃ならば、もっと感情の赴くままに犯罪行為にでも走っていたかもしれない。

あの頃、私は病んでいた。

頭の中が彼への憎しみでいっぱいだった。

ネットの呪《のろ》い代行、復讐《ふくしゅう》屋などにも依頼してやろうかと考えたが、先立つものがない。それに呪い代行なんて、当てにならない。復讐屋は、知り合いが関《かか》わっていたから知っているが、かかる金額が半端じゃないし、詐欺も多い。

憎しみと恨みで頭がいっぱいになっていた私は、ただひたすらどうやったら彼の家庭を壊せるか、彼を苦しめられるかだけを考えて生きていた。

お金も行動力も度胸もない私にできることは、ただ呪うことだけだった。

生霊を飛ばしてやろう――毎日、泣きながらそう考えていた。

とはいえ、生霊の飛ばし方なんて知らない。

ただひたすら毎晩、恨むだけしか手段がない。

あの頃の私の願いは、彼の家で、彼の奥さんと彼の前で、ガソリンを被《かぶ》り自らに火をつけて自殺することだった。そうして彼らの心に私の存在を一生刻み付けて忘れられなくしてやろうと考えていた。

なぜそういうやり方だったのかというと、知り合いの母親がそのような亡くなり方をした話を聞いたことがあるからだ。

彼女の母は、夫、つまり彼女の父親の浮気を苦にして子どもたちの前でガソリンを被り焼身自殺した。

その話を聞いたときに、凄《すさ》まじさに驚愕《きょうがく》した。光景を想像するだけで身の毛がよだつ。自分を裏切った男に対してこれ以上の復讐はないだろう。想像上ではあるが恐ろしい映像として焼き付いていたからこそ、私は自分もそうしたかった。

毎晩泣いて、恨んで、呪って、自分の死を見せつける光景を想像した。

布団に入って眠れず、天井を眺めながら生霊を飛ばそうと願い続けた。

私の魂が、彼の家を彷徨《さまよ》って奥さんと彼の元に現れて欲しい――のうのうと幸せな家庭を営む家族の元へ向かってゆけ――ずっと呪っていた。

けれど、現実問題として私は行動に移す交通費も時間もなく、度胸も勇気もない。自分が現実にそんなことをしでかしたら、自分の親や友人にどれだけ迷惑がかかるかというのも承知していた。

毎晩、泣いて恨んで呪って生霊を飛ばそうとしても、そんな能力は私にはない。私がどれだけ苦しもうが、彼は相変らず仕事は順調そうで、楽しくやっている様子だった。悲しいかな、そういう情報もSNSでわかってしまう。愛人とも上手くやっているみたいだったし、奥さんや子どもと仲良くしている様だった。

私には誰かを呪い殺す力など、ない。生霊も飛ばせない。さんざん恨んで泣いて思い知った。

半年ほど、毎晩泣き暮らしていたが、呪いの効果はないし、そのうち小説の新人賞への応募を続けているうちに賞にひっかかったり、新しい男と出会って結婚を決めたりとで、我ながら現金だがそれどころではなくなった。

二年ほど経ち、私は仕事が忙しくなって彼のことを思い出すことも少なくなっていた。

そんなときに、ふと私が彼の妻の名前をネットで検索したのは、Facebookで、私の知人の投稿に彼の妻がコメントしていたからだ。

私はついつい、彼の妻のページを見た。そこはほとんど子どもの写真で埋め尽くされていた。彼にそっくりの、ひとり息子の写真だ。

彼女の名前を検索して見つけたのは、ブログサービスに書かれた日記だった。暇なのかと呆《あき》れるほどに、毎日欠かさず書かれていた。

私は彼の妻の日記を読みだして、止まらなくなった。

『今日も彼は仕事で帰ってこないので息子とふたりきり。ちょっと寂しいけれど、でも家族のために一生懸命働いてくれてるんだから感謝！』

『彼が出かける前に、キスしました。えへへ、たまにはノロケ』

『今週末も彼が仕事で忙しいので息子とふたりきり。まるで母子家庭みたい。けど彼が出かけるときに、「お仕事頑張って」とエールを送ったよ』

『今晩も帰ってこない。彼は本当に仕事熱心。でも、身体《からだ》を壊さないか心配だな』

『今年も初詣《はつもうで》は家族三人で明治神宮に来ています。お正月だけは、ゆっくりできるね』

『本当はもうひとり、子どもが欲しい。けれど彼が家になかなか帰ってこないから難しいかも』

『私には夫と大事な子どもがいる。家族が何よりも一番、私は幸せです！』

そこには、延々と、毎日、「家に帰ってこない彼」と、いかに自分が幸せかを繰り返し訴えてあった。痛々しいほどに。

このまま読んだのなら、幸福な家庭の主婦の日常の記録だと思うだろう。

けれど、私も、彼の周りの人たちも、知っているではないか。

彼が家に帰らないのは、仕事だけではなく、複数の女と会っているからだと。彼は見境なく女に手を出し続けていたし、私にも新しい愛人の話をしていたもの。

妻の日記には、他の女の影は全くない。

これだけ読んだら、忙しいけれど家族想いの、いいパパだ。

妻だってわかっているだろうに。彼に常に複数の女がいることを。

それを全く「無かったこと」にして、ひたすら「私は幸せ」と訴えるこの日記は、私には呪詛《じゅそ》だとしか思えなかった。

これは彼と、彼の愛人たちに向けているのだ。

Mさんと彼の愛人たちへ罪悪感とうしろめたさを植え付けようと、毎日「ノロケ」ているのだ。

Facebookに彼にそっくりな息子の写真をあげ続けるのも「彼の子どもを産んだのは私」と言いたいがためにしか思えない。

浮気しないで、他の女のもとへ行かないでと彼に泣いて縋って訴えるのは、「妻」のプライドが許さないのだろうか。それとももうその段階を超えて、いざこざを通り過ぎて自分の心を守るために、それだけではなく、彼と彼の愛人たちに向けて、私が妻であると存在を強調するためにこんな「嘘《うそ》」を毎日書いているのだろうか。

いや、私はこれを嘘だと知っているけれど、彼女は真実だと思いたいのだ。

ここまでして、「妻」でい続けなければいけないのか——そう考えると、くらくらした。

私は散々恨んで呪って生霊を飛ばそうとしたけれど、所詮《しょせん》半年やそこらで忘れてしまって他の男に走る程度の「恨み」しかない女だ。

数年間、こうして「嘘」を綴り続ける女の執念には足元にも及ばない。

こんなに恨みや嫉妬を漂わせながらも、何事もなかったかのように「仲のいい家族」を続けていける根性にも。

私は彼と関係を断ち切って正解だった。こんな呪詛の地獄には落ちたくはない。

だからそんな私が、生霊など飛ばせるわけがない。

誰かを脅かすほどの力なんてない。

地獄に堕《お》ちる前に、踏みとどまってしまう私は所詮、その程度の女だ。

未《いま》だに彼の「浮気」がおさまらないのはあちこちで耳にする。

彼の妻はいつのまにかブログを閉じてしまってはいるが、「呪詛」は形を変え、どこかで続いているのだろう。

彼らが「夫婦」である限り。

川奈まり子
Kawana Mariko

川奈まり子

東京都生まれ。女子美術短期大学卒業後、出版社デザイン室勤務、フリーライターを経て31歳でAV界にスカウトされる。結婚を機にAV界を引退後、山村正夫記念小説講座で小説を学び、2011年『義母の艶香』で小説家デビュー。2014年夏には初のホラー小説『赤い地獄』を刊行。

ひよみのとりおにをんな

夕方、丈の伸びすぎた鶏頭を切ろうと思ってベランダに出たら、母から貰《もら》った竜胆《りんどう》の鉢植えの隅から彼岸花が緋《ひ》色の頭を突き出していた。

竜胆は元々実家の庭にあったもので、土に球根が彷徨《さまよ》い込んでいたとみえる。前の日まではそんなものは無かったと思うのに、いきなり拳固《げんこ》ほどもある花冠を咲かせており、気味が悪かった。迷わず引き抜いて捨てたところ、翌朝、全身に湿疹《しっしん》が吹き出していた。

彼岸花の祟《たた》りではあるまいが、一晩で別人のように変貌《へんぼう》してしまい、熱も出て、これはもしや恐ろしい病気かもしれないと思い、近くの総合病院へ行くことにした。

しかし、この顔では、容易に外に出られない。鏡の前でしばらく逡巡《しゅんじゅん》した挙句、化粧することを諦《あきら》め、何年も箪笥《たんす》にしまいっぱなしにしていた大ぶりなサングラスを出してきて掛け、鼻から下はマスクで覆った。それから、電話でタクシーを呼んだ。総合病院は、うちのマンションがある麻布十番と町境《まちざかい》を接する広尾にあるから、ふだんなら歩いて行く距離だが、今日はなるべく人目を避けたい。

午前九時頃、病院に到着した。受付と薬局がある一階のロビーは、すでに患者でごったがえしていた。この辺には総合病院は二軒だけだから、いつも酷《ひど》く混むのだ。やはり散々待つことになり、間もなく午前の診療時間が終わろうという正午近くになって、ようやく診察室に通された。

結果、「ウイルス性発疹症です。いわゆる風邪《かぜ》の一種ですから心配いりません」というそっけない説明を受けた。処方されたのも抗生物質と頓服《とんぷく》だけである。

「九月は季節の変わり目で、体調を崩される方が多いんですよ」

たしかに、近頃だいぶ涼しくなった。しかし、本当にそんなことか。医者は軽くあしらうが、私の顔は湿疹だらけで地腫《じば》れもし、おどろくほど醜くなってしまっている。まるで、赤鬼のお面を被《かぶ》ったようなのだ。

納得できない気がしたが、重病でなかったからと不満に思うのも変な話だ。

再びマスクとサングラスを付けて、ロビーに行った。薬局の窓口が見える位置の椅子《いす》に腰かける。うつむいて薬が出るのを待っていると、横から声を掛けられた。

「お久しぶり」

振り向くと、私と同年輩の女がいた。品の無い紫色のワンピースに赤いカーディガンを羽織り、剝《む》き出しになった膝小僧《ひざこぞう》に贅肉《ぜいにく》が乗っている。

一見して嫌悪感が湧《わ》いた。かつてはともかく、今の私とは関《かか》わることのない種類の女だと思った。

ところが、親しげに「私よ。私」と言われ、あらためて顔を見れば、知り合いだった。

「よくわかったわね」

ずいぶんようすが違っているが、吉村江美《よしむらえみ》だ。かれこれ五年は会っていなかった。しかし、間が悪い。こんな状態では、再会を喜ぶどころではない。

思わず苦笑いすると、江美は「たいへんそうね」と大して同情しているふうでもなく言った。腰を屈めて、こちらを覗《のぞ》き込むふうをしたので、思わず顔を背けてしまった。

江美とは、この病院の母親学級で知り合った。出産予定日が近く、入院の時期も重なったことから、なんとなく親しくなり、お互いの子供が小学校にあがるまではときどき会っていたのだが、住んでいる町も子供の学校の学区も違うので、自然につきあいが途絶えた。

江美が「五年ぶり？」と話しかけてきた。

「そのぐらいになるわよね。最近は、どう？　今日は？」

好奇心を抑えきれずに、訊《たず》ねた。年賀状だけはやりとりしているものの、江美は家族の写真を年賀状にプリントするたちでないので、近況がわからない。向こうは、うちの子の成長ぶりや、家族旅行のようすを、年に一度は見ているわけだが。

「これと言って別に。今日も何でもなかったし」と江美は私に答えて、また私の顔を覗き込んだ。「あなたこそ、どうしちゃったの。その顔」

「ええ、ひどいでしょう。でも、見た目は凄《すご》いけど、たいしたことないらしいの。それにしても、サングラスとマスクをしてるのに、よくわかったわね」

「わかるわよ。首の……」と江美は言い、指の一本一本までもがむっくりと肥えた手で、自分の首の後ろを押さえて見せた。

そうか。首の付け根のほくろで、江美は私を見分けたのか。

疣《いぼ》になっている大きなほくろで、美しいものではないが、普段はあまり気にしていない。けれども、今は湿疹だらけで非常に醜いという自覚があるせいか、その上こんな疣ぼくろもくっつけている自分を情けなく、恥ずかしく感じた。

彼女の変化に興味を惹《ひ》かれはしたが、やはり、お喋《しゃべ》りを楽しめる心持ちではない。なのに江美は、私のそばに近づき、隣の椅子に座ろうとした。

「伝染《うつ》るといけないから」と警告したが、「平気よ」と打ち消されてしまう。

やむを得ず、私は予防線を張ることにした。

「熱もあるの。薬が出たら、すぐ帰るわよ」

薬はまだ出ない。診察後に看護師から貰った伝票に、私の番号が印刷されている。八百番台だ。今は七百番台に差しかかったところ。ロビーにある電光掲示板で光る数字を眺めていると、江美が訊ねてきた。

「病名は何？」

私は答えた。それからも、あれこれ訊《き》かれた。病気の症状。家族は元気か。子供の成長具合。仕事は順調か。

かつては、お互いに何でもあけすけに語り合ったものだ。

お陰で江美は、私が結婚前にはアダルトビデオに少し出ていたことも、ここ十年ほどは物書きをしていることも知っている。アダルトビデオ女優時代の芸名をそのままペンネームにし、連載を持っている週刊誌に顔写真が載っていることから、付き合いはじめて早々にばれてしまったのだ。

そのときは件《くだん》の雑誌を見せられて、正直に白状し、お返しに江美の仕事などについて訊ね返して、それなりに面白く会話をしたが、今はそんな気になれない。

適当に返事をして、黙り込んだ。すると江美は勝手にどんどん喋りだした。

「最近、怖い話を書いてるでしょう？　本屋で見かけたわ。ああいうのは読むと眠れなくなるから買わなかったけど。ごめんね。でも、会えてよかったわ」

意味がわからない。私の怪談の読者でないのに、会えてよかったというのはどういうことかと思っていると、江美は私に顔を近寄せて、こう一息に打ち明けてきた。

「あのね、私の友だちが最近、幽霊につきまとわれて困ってるんですって。彼女の話を聞いてから、ずっと後悔してたの。聞かなければよかったって。思い出すと、怖くって。誰かに聞いてほしかったのよ。あなたなら馬鹿にしないで聞いてくれそう」

「何かあったの？」仕方なく、私は先を促した。

「同い年で主婦をやってる友だちがいるんだけど、その人が言うには、女の幽霊が、いつも必ず彼女と同じ部屋に居て、こちらを見ていたり、寄ってきて腕に触ったり、抱きついてきたりするんですって。それを聞いて、私は、その女の幽霊というのは、彼女の旦那《だんな》の愛人の霊なんじゃないかと思ったの。なぜかって言うとね……以前の彼女は、ずっと旦那の浮気で悩んでいて、鬱々《うつうつ》として暗かったのよ。それが、最近、急に明るくなったもんだから、何か良いことがあったのか訊ねたの。すると、彼女が言ったのよ」

「何て？」

「あの女がいなくなってくれたから……って」

思わず「それはあなたのことでしょう」と指摘しそうになった。これは江美自身の話に違いない。まだ付き合いのあった五、六年前、江美は夫が浮気していると言って、一時は相当、思い詰めていたのだ。しかし、あるとき突然、悩みが解消されたと言って、陽気になった。

そこで、「何か良いことがあったの?」と私が訊ねたのだ。

江美は忘れているのかもしれないが、「あの女がいなくなってくれた」というセリフまで同じである。あれは、子供が五歳で、私たちが会わなくなる直前の頃のことだ。

江美は嘘《うそ》をついている。友人ではなく、自分の話をしている。

幽霊を見るようになったと言ったら、どう思われるか危惧《きぐ》したのだろう。だから友だちの話ということにしたのだ。

「つまり、彼女は旦那の愛人を殺してしまったんじゃないかしら。だから、殺された女が化けて出てきてるんだわ。しかも、彼女は、きっと自分の子も殺したのよ。なぜって、彼女と会うと、私、必ず子供の幽霊を見るのよ。たぶん、女を殺すところを子供に見られちゃったのね。それで口封じに。子供が口を滑らせそうになるか何かして、やっぱり黙らせるには殺すしかないって思ったんじゃないかしら」

私は呆気《あっけ》にとられた。いくらなんでも荒唐無稽《こうとうむけい》な話だ。幽霊を見たというだけでも馬鹿々々しいことだが、私の想像どおりなら、江美が、彼女自身の夫の愛人と我が子を殺してしまったことになるではないか。知り合いが殺人者に。滅多にそんなことは起こり得ない。

すべては江美の妄想なのでは。

――そういえば、江美は今日病院に来たわけを教えてくれなかった。

私は彼女の精神状態を疑った。ここには精神科もある。

正気でないのだとしたら、それは、この変貌ぶりと何か関係があるのだろうか。

江美は、小皺《こじわ》の増えた顔にこってりとファンデーションを塗りたくっている。つけすぎたマスカラで睫毛《まつげ》が束になり、頰紅《ほおべに》も濃い。前は、ごく薄化粧の人だったのに。

服の趣味も、以前とまったく違う。江美は銀座の一等地にある会計事務所に勤める公認会計士で、控え目で保守的な感じのする、如何《いか》にも堅い仕事に就いていそうな格好をいつもしていた。そこそこ収入がある知的な女に見え、実際、そうだった。

今の彼女は娼婦《しょうふ》のようだ。こんなのを買う男が存在するかどうかは別として。

ワンピースは生地が薄っぺらくて、裾《すそ》が一ヶ所ほつれていた。縫製が悪いのだ。安物なのか。茹《ゆ》で蟹《がに》みたいな赤色のカーディガンは毛玉がたくさん出ている。それに、横に並んで座ってから気がついたのだが、なんと、素足に靴を履いている。

今日は、そこまで暑い日ではない。それに、この服装でストッキングを穿《は》かないのは、ちぐはぐな感じだ。

露《あら》わになった膝小僧の皮膚は肌理《きめ》が荒く、煤《すす》けたように黒ずんでいる。昔とは暮らし向きが変わったのではないか。悪くて低い方へ。

人の不幸は蜜《みつ》の味、だ。顔がこんなことになっていなかったら、私は、江美のこうした変化に好奇心をそそられて、彼女を質問責めにしたかもしれない。こうなっていてさえ、真っ先に、最近どうしてるのか訊いたぐらいだ。はぐらかされてしまったが。

しかし、夫の愛人と我が子を殺《あや》めたなどという話をペラペラと喋られては、来《こ》し方を詮《せん》索《さく》するどころではなくなった。

きっと頭が変なのだから、早く離れて、もう二度と会わないようにした方がいい。

薬はまだ出ないが、何か理由をつけてこの場を立ち去ってしまおうか。江美は、まだ話していけれど。

「六歳くらいの子供なの。髪をマッシュルームカットにした、女の子みたいな可愛《かわい》い顔した男の子よ。不思議と彼女には見えないみたいだから、どんな子なのか説明してあげたら、泣きだしてね。彼女、さめざめと涙を流して、しばらく泣きやまなかったっけ。仕方なく殺したけれど、やっぱり我が子だもの。凄く後悔してるのね」

あるものが目に入り、私は椅子から腰を浮かした。

「あら、どうしたの」

江美に問われたが、咄嗟《とっさ》に答えられなかった。

彼女の後ろの方に、二メートルぐらい離れて、ちょうどそういう男の子が立っている。悲鳴を嚙《か》み殺すのがやっとだった。いや、怖すぎて声が出なかっただけかもしれない。

江美の声で我に返り、おっかなびっくり子供をもう一度見て、再び座り直した。

蛍光色のラインが入ったスポーツブランドのスニーカーを履いて、半袖Tシャツと皺だらけのハーフパンツを着て――幽霊のわけがない。

それにしても、気味の悪い偶然だ。

江美が言ったとおり、髪を長めのマッシュルームカットにした、中性的な顔立ちの男児だった。六歳くらいだろうか。

ふと、江美の子に似ているような気がした。彼女の子供も男の子だ。しかも、見た目が女の子のような印象の。

　でも、五年も前の他人の子の顔なんて、もうよく思い出せない。

　それに、江美の子はもっと大きくなっているはず。私のところのと同い年なんだから。

　目の前の子供は、蒼白《あおじろ》くて痩《や》せており、どこか生気を欠いて、幽霊じみた厭《いや》な空気を纏《まと》っている。

　いかにも病んでいる雰囲気だ。体調が悪く、学校を欠席して病院に連れてこられた。そうに違いない。保護者が近くにいるはずだ。

　私は二の腕をさすった。服の下で、みっしりと鳥肌が立っているのがわかる。

　あれはただの生きた子供だし、人を殺しただの、幽霊が出るだのといった下らない話は、全部、江美の想像に決まっている。

　そうとわかっていても、寒気が止まなかった。

　そんな私のようすに気づくこともなく、江美は話し続けている。

「幽霊って消せないものなのかしら。お祓《はら》いは、もう何度もしてもらったそうなんだけど、一向に効果が無くて、お金をドブに捨てるようなもんだって嘆いてたわ。まあ、でも、出るってだけで何をするわけでもないらしいんだけどね。だから彼女は、すっかり幽霊に慣れちゃったみたいよ。見慣れると、そう怖いものでもないと言ってたわ。消えてもらいたいという気持ちには変わりがないそうだけど。あなた、消し方わかる?」

急に水を向けられた。江美はじっとりとこちらを見つめている。サングラス越しなのに私の瞳《ひとみ》の位置がわかるようで、執拗《しつよう》に目を合わせようとしてくる。

「消し方? 幽霊の? ごめんなさい。私は専門家じゃないから……」

「でも、ああいうお話をいくつも書いてるわけだから、普通よりは詳しいでしょう。いろんな人を取材するんだろうし。霊能力者の知り合いがいたら紹介してよ」

「ごめんね、そういう人は知らないの。申し訳ないけど、私はお役に立てそうもないわ」

江美は不服そうに「そう」と呟《つぶや》いて頰を膨らませた。ふくれっつらだ。怒ったのだ。

「薬が出てくるの、遅いわね」

私は話題を変えた。

すると、江美も違う話をしはじめた。幽霊から離れてくれたのはよかったが——。

「ねえねえ、夫を悦《よろこ》ばせるテクニックについて聞きたいんだけど」

私は耳を疑った。思わず、五年前までの江美を胸の裡《うち》で蘇《よみがえ》らせてしまった。

ビジネスの相手に送るのと同じデザインの賀状を寄越す、真面目《まじめ》で多忙な会計士の江美。ちゃんとストッキングを穿いていた、世間の常識をわきまえた女。

「ここじゃ話せないわよね。この後、あなたの家にお邪魔してもいい？　時間は取らせないわ」

呆《あき》れた。さっき、薬を貰ったらすぐ帰ると言い渡したばかりなのに、もう忘れたのか。そうでなくとも、私のこの有り様を見たら、そんなことは無理だとわかりそうなものだ。

「私の前の仕事がそっち方面だから、そういうことを言うんだとしたら、困るわ」

軽蔑《けいべつ》してやらなければ気が済まない。私が知っていた江美は、私の前職と関係しそうな、つまり性的な話題には、決して触れることはなかったのだが、この新しい江美ときたら。

「どうしちゃったの？　前は、こんな人じゃなかったのに、あなたってば……」

私は薄笑いを浮かべ、江美の頭の天辺《てっぺん》から爪先《つまさき》まで、わざとゆっくり眺めまわしてやった。そして、昆虫標本の展翅板《てんしばん》に虫をピンで突き刺して留《と》める心地で、言った。

「ずいぶん変わっちゃったのね」

顔色を変えて、恥じ入るか、憤るか、すればいい。そう思っていた。

ところが、江美は動じなかった。

「そうなのよ。昔とは全然違うの」と平然と言い放った。

「あの厭な女がいなくなってから、私、また夫と寝るようになって。そしたら、若い頃よりずっと感じるの。出産したからかしら。それで癖になったみたいで、もっと欲しくてたまらなくて、昼も夜も夫にせがむようになってね……」

それからも、開いた口が塞《ふさ》がらなくなった私に向かって、江美は夫婦生活の話を続けた。

近頃、彼女の夫はサディズムに目覚めて、さまざまな方法で彼女を責め苛《さいな》んで喜ぶのだとか。通信販売で縄や鞭《むち》、蠟燭《ろうそく》などを取り寄せて、次々試してみているのだとか。

「彼も、夢中よ。だから私、もっと悦ばせたいと思って。どうしたらいいのかしらね。もう全部し尽くしちゃったような気がするんだけど、それは私が素人だからなんじゃないかしら。その道のプロなら、何かアドバイスをくれるんじゃないかなって思っただけなのよ」

「プロって、私のこと？　失礼にも程があるわ」

私は席を立った。

「怒ったの？　ごめんなさい」

江美はおろおろと中腰になり、片手を私に向かって伸ばしてきた。私は後退《あとずさ》りして触れないようにし、睨《にら》みつけた。

「じゃあね」

「あっ、待って、待って」

きちっと立ち上がればいいものを、中途半端に腰を曲げたまま、亀《かめ》みたいに首を伸ばしてすがりつこうとしてくる。なんてみっともない。

こっちに向かって首を突き出してきた姿勢のせいで、そのとき、彼女の喉《のど》を、うっすらと赤い線が取り巻いていることに気づいた。

ファンデーションを塗っているが、隠しきれていない。細い縄で首を絞めた痕《あと》のようだ。らせん状の縄目がわかる。

変態め、と私は心の中で毒づいた。

「ごめんなさい。ごめんなさい。夫にまた浮気されそうで怖くてしょうがないの。だから私少しおかしくなってるんだわ。ごめんなさい。許して。それに、お薬は?」

許すつもりはなかったが、私の薬はまだ出ない。

薬を受け取ってからでなくては、帰れない。

私は電光掲示板と手の中の伝票を交互に見た。そして、再び椅子に腰かけた。

「もう、さっきみたいな話はしないで」

江美の方を向かず、まっすぐ前を見たまま口の端で注意した。

「わかったわ」

しおらしい声に、一定の満足を得た。

「……悩んでるだけなのよ」

「やめてったら」

「ごめんなさい」

私は電光掲示板を眺めた。あと少しだ。

「私ね、実は、ここの心療内科に通ってるの。あなたと疎遠な感じになった頃からよ」

やっぱり、と、声に出して言いそうになった。

「精神科にもかかっているのよ」

ますます案の定だった。

電光掲示板に、ようやく自分の伝票の番号が点灯した。

「ああ、やっとだわ」私は立ち上がった。「それじゃ、お大事に」

「ひゃっ」江美は奇妙な声を出して、思いがけない素早い動きで下から伸びあがり、つる草のように全身で絡みついてきた。

そして、こちらが悲鳴をあげるより先に、私の顔に汗で湿った頬をくっつけて、スマートホンで写真を撮った。

「ちょっと！」

咎《とが》めると、江美はするすると私から離れて、しおらしく肩をすぼめて見せた。

「記念に、ね」

何が「ね」だ。私は返事をしなかった。

「写真、送るわ。アドレスは前と一緒でしょう？」

その通りだが、こんなことがあっては、メールアドレスを変更せざるをえない。家に帰ったら、すぐにやろうと思った。

病院の建物を出るまで、振り返らなかった。すぐ後ろに江美が張りついていそうな気がして、厭でたまらなかった。

病院前のタクシー乗り場のすぐ手前で、初めて振り返ってみた。

江美は出入り口の自動ドアのところに居た。目が合うと、手を振ってきた。

彼女のせいで、自動ドアが開きっ放しになっている。あんなところに立っていては、出入りする人の迷惑になる。

現に、江美のすぐ後ろに人がいる、と思ったら、あの男の子だった。

江美の背中にくっつくようにして、ボーッと突っ立っているようだ。

うなじの毛が逆立った。あの子も、頭が普通じゃないんだろうか。

私は急いでタクシーに乗った。タクシーのドアが閉まり、窓の景色が流れはじめると、ホッとした。

運転席のカーナビに時計が表示されているのを見たら、もう午後一時を過ぎていた。バックミラーに映る私の顔は、あいかわらず酷い。通常の倍に膨らんで、マスクをしていてさえ、頰の肉が波打つようにデコボコして、真っ赤に腫れているのがわかる。

こんな病気にはなるし、あんなふうになった江美に遭遇してしまうし、まったく散々な日だ。

そのとき、スマホに着信があった。厭な予感がしたが、やはり、江美だった。

『さっきはごめんなさい』

本文はそれだけだ。もう関わり合いになりたくなかったが、反省しているなら許してやってもいいと思った。

写真データが添付されている。さっき、江美が無理矢理に撮ったものだろう。

私はデータを開封して、写真を見た。

三人の女が写っている。サングラスとマスクで顔を隠した女は私だ。顎を引いて肩を強《こわ》張《ば》らせている姿勢から、緊張と嫌悪感が見てとれる。

私の顔に肉厚なほっぺたを押しつけている二重顎の女は、江美。

これは誰だろう。江美の左肩の後ろから、レンズを見つめる女は。

あの男の子の母親だろうか。しかし、女は、江美の肩に顎をくっつけるようにしてすぐ後ろにいる。ということは、私の隣にほぼ密着して立っていたはずなのだが。

江美が写真を撮ったとき、私たちのそばには誰もいなかったと思う。

私は手の震えを抑えて、写真に目を凝らした。

三人の中で、この女がもっとも美しい。こんな顔の私と肥えた江美と比べたら人類の女の大半が我々よりマシだとは思うが、それにしても、多くの男が好みそうな愛らしい顔立ちをした女で、肌も綺麗《きれい》だ。

それだけに、白い首筋に刻まれた赤黒い縄目が痛ましい。江美とは違い、隠すつもりがないと見える。

そして、虚ろな、茫洋《ぼうよう》とした無表情が、彼女を人形か……屍《しかばね》のように、見せている。

死体みたいだと思うと同時に、私は写真を削除していた。

アドレスを変えねば。いや、まずは江美からの着信を拒否するようにスマホの機能を設定しよう。

そう思うのに、全身が痙攣《けいれん》するかのようにひどく震えて、指先が定まらず、出来ない。

そのうち、また江美からメールが来てしまった。

『後ろを振り返ってみて』

すぐ後ろを、タクシーが走っていた。

その助手席から、フロントウインドーのガラス越しに、江美が手を振っている。

なぜ助手席に？　私を尾行するためには、前の席に乗った方が都合がいいから？

いや、そうではない。江美は私のうちを知っている。遊びに来たことがあるので、尾《つ》けるまでもない。

後部座席に、二人、乗っている。だから助手席に乗ったのだ。

病院にいた男の子が、運転手と江美の間から小さな顔を突き出し、伸びあがってこちらを見た。その横にいるのは、さっき削除した写真に写っていた女だ。

江美は、まさか、うちまでついてくる気だろうか。あの二人を引き連れて。

私が住んでいるマンションの建物の前に着くと、江美はタクシーから降りた。

後部座席のドアは開かなかった。しかし、気がついたときには、あの死人のような女も男の子も、すぐそこに佇《たたず》み、こっちを見ていた。後ろのドアは、閉まったままだったのに。

こんなことって。きっと、発熱しているせいだ。

「困るわ。私は体調が悪いし、もうじき子供が帰ってくるし、今日は夫も」

「私が夕ご飯作ってあげる」

江美は笑っている。私は、マンションのエントランスに入れない。江美たちが、きっとついてきてしまう。そう思うと、タクシーを降りた所から動けなかった。

「あなたも、自分の家のことで、しなきゃならない用事があれこれあるでしょう?」

「うちは平気よ」

「でも、子供は?」

「もうわかってるんでしょう?」

なぜ笑顔で訊けるのか不思議だった。私は、とぼけた。

「なんのこと?」

江美は「わかってるくせに」と言って、ますます笑顔を大きくした。

「あなた、幸せそう。さぞかしあっちの具合もいいんでしょうね。だから旦那が離れていかなくて家庭円満なのよね。子供もちゃんと育って。不公平だわ」

「お願い。帰って」

江美は帰るどころか、私に迫ってきた。抱きつくつもりかと思った。あまりにも間近に寄ってこられたので、両手を前に突き出して押しのけた。

抵抗されるかと思ったのに、江美は私に押されるままになり、あっさり尻餅《しりもち》をついた。その拍子に紫色のワンピースの裾が下腹のあたりまで捲《まく》れ、股間《こかん》が剝き出しになった。驚いたことに、パンティを身に着けていない。しかも、毛が剃《そ》られていた。何もかもが剝き出し。その格好で、江美はゲラゲラと笑い、笑いながら立ちあがった。

私は逃げようとして、逃げ遅れた。

背を向けると同時に、腰に抱きつかれ、路上に押し倒された。もがいて逃れようとしたが、引っくり返されてしまった。江美は私に馬乗りになり、何が可笑《おか》しいのか笑いつづけながら、サングラスとマスクを私の顔から毟《むし》り取った。

「こんな化け物みたいな顔をして！　不細工なくせに生意気なのよ！」

愉快でたまらないような口調だが、憤怒しているに違いなかった。江美が高く手を振り上げ、叩《たた》かれると思って、私は両手で顔を覆った。

うちのマンションには、警備保障会社のガードマンが常駐している。いつも同じ人で、住人である私とは顔見知りだ。病院に行く前にもエントランスのところで会っていたから、顔がわからなくても私が誰だか見分けた。

巡回から戻ったところ、襲われている私を見つけ、大声で江美を制止しつつ駆けつけた。

ガードマンの声と足音に江美は振り向き、猿のように跳躍して私から離れた。

「許さないからね。この、ぶぅす」

ぶぅすぶぅすと悪態を吐《つ》いたかと思うと背を向けて、高笑いしつつ異様な速さで走り去る。まるで人ではないかのようだ。人でないと言えば、あの女と男の子はどうなったのか、姿が見えなくなっていた。江美に取り憑いているから、彼女に附《つ》いていったのか。

ガードマンは私の顔を見て驚愕《きょうがく》し、慌てて救急車を呼ぼうとした。殴られてこうなったわけではないと説明するのに骨が折れた。


私は江美に執着されるものと覚悟した。

もしかすると、押し掛けてきて嫌がらせを受け、最悪、引っ越しを余儀なくされるかもしれないと考え、家族におおよその経緯を話した。

けれども、そういうことにはならなかった。

江美からは、それっきり電話もメールも来なかった。訪ねてくることもない。

初めは不思議だったが、やがて、わけがわかった。

あれから、スマホなどで自分で自分の写真を撮ると、あの二人と共に、江美の姿が私の背後に写り込むようになったのだ。

江美も、彼女の背におぶさっている男の子も、そのさらに後ろから縊《くび》られた痕のある首をこちらに伸ばしている女も、あの世の者だから当然と言えば当然だが、揃《そろ》ってまるっきり生気が失《う》せている。

そして三人とも、表情の無い目で、真っ赤に腫れあがった私の顔を覗き込むようにして見つめている。

病院で貰った薬はよく効いた。一週間ほどで、あのときの湿疹はきれいに治り、どういうわけだか、後ろ首の付け根の疣ぼくろまで小さくなったようだった。が、それは私の願望であり妄想であって、本当はずっと、写真のとおり、いびつに膨らんで出来物に覆われた顔のままだったらどうしよう。

不安になるたび、顔を撫《な》で、疣ぼくろをそっと抓《つま》んでみずにはいられない。

でも、厭らしい変わりようを晒《さら》していた、軽蔑すべき、怖い、憎たらしいあいつは、すでにこの世のものではない。そのことは、心底、嬉《うれ》しい。

死んだんだ。そう思うと、二目と見られない醜女《しこめ》になったかもしれないというのに、ついニヤニヤしてしまう。

写真の私も、みにくいが、笑顔である。

沸佛《ふつふつ》

朝食の後片づけをしていると、母が電話を掛けてきた。どうでもいい時候の話につづけて「彼岸花は咲いた？」と私に訊《たず》ねた。

「えっ、あれ、わざと混ぜたの？　抜いちゃったわよ」

母は無念そうな声をあげ、あらかじめ言っておけばよかったと悔しがった。

「そうよ。教えてくれてたら、咲かせておいたかも。あれも見ようによっちゃ綺麗《きれい》な花よね。そうそう、あれを引っこ抜いたせいってわけじゃないんだろうけど、大変だったのよ」

私は、先月、酷《ひど》い湿疹《しっしん》を患ったことを話した。

「言ってくれたら看病しに行ったのに」

完治するまで黙っていたのは、酷い顔を見せて驚かせたくなかったというのもあるが、具合の悪いときに母の際限の無いおしゃべりの相手をするのが面倒だったせいでもある。

いつまで鎌倉《かまくら》の一軒家で独り暮らしさせられるだろうかと、この頃よく思う。

「いいのよ。私は独りで気楽にやるのが好きなんだから。母さんが来たら、かえって気を遣っちゃってくたびれるわ」

「でも、あんたは、うちの近くに友だちもいないのに。あの、なんとかいう人、引っ越しちゃったんでしょう?」

もう半年も前だと答えながら、件《くだん》の友を思い浮かべた。私の独り娘、美玖《みく》の同級生の母親で、何年間も親しくしていたのだが、塾の講師と不倫していたとは知らなかった。おっとりした目立たない人なので、意外だった。

まあ、しかし、もうどうでもいい。この種のご近所のゴシップを面白可笑《おか》しく語ってやれば、母は喜ぶのかもしれないが。

それよりも、電話を貰《もら》ったついでに、あのことを話してみよう。

「引っ越しと言えば、昨日、うちのお向かいに人が引っ越してきたの。その人が、カズヨちゃんにそっくりで。憶《おぼ》えてる? 昔、子供の頃に住んでた公団アパートで、上の階に住んでた、カズヨちゃん」

沈黙が流れた。一秒で私は焦《じ》れた。

「わかんない? ほら、綺麗な独身の女の人が居たでしょう。私と奈那子《ななこ》がよく遊びに行っていた……」

妹の名前を出した途端、母は慌てたように「ああ！　ええ！」と応《こた》えた。

「憶えてるわよ。もちろん。山田《やまだ》さんのことね」

カズヨちゃんの苗字は「山田」といったのか。私は忘れていた。

子供時代の記憶は、自分の都合のいいところと、特別にショックだったことだけ切り貼《は》りしたモザイクになっている。

「驚いた。カズヨちゃんて、山田さんだったっけ。あのね、昨日来たお向かいさんも、山田さんというのよ。しかも、下の名前も和代《かずよ》だって。凄《すご》い偶然」

母の反応は鈍かった。「へえ」と言ったきり黙っている。そこで、私は母に訊《き》きたかった質問を口にした。

「ねえ。カズヨちゃんて、その後、結婚したのかしら？　母さんは知らない？　お向かいさん、物凄く似てるから、カズヨちゃんの娘さんなんじゃないかと思ったのよ。前に母親と近所で、こんどは娘と……なんて、それこそ奇跡みたいな偶然だけど、あんまりにもそっくりなんだもの。同じ人かと思うくらい」

すると、母は、のろのろした口調で「同じ人なんじゃないの？」と言った。

「冗談でしょ。だって、四十年近く前よ、カズヨちゃんに遊んでもらったの。同じ人だったら、吸血鬼ってことになっちゃう」

近いうちに美玖を連れて遊びにいくと約束させられてから電話を切ったが、つい「吸血鬼」と言ってしまった後は、半ば上の空だった。

昨日から少し手が空く度に、それこそドラキュラ伯爵が棺桶《かんおけ》から立ち上がるみたいに、お向かいの山田和代の姿が頭の奥で起きてきて、見つめ合わざるを得ないような感じがしている。

怖いというより不思議だった。カズヨと和代。他人の空似にも程があるだろうに。

マンションのこの階で、エレベーターの乗り降り口をうちと共有してるのは、向かい側の部屋だけだ。このところの家賃の高騰で長らく空いていたが、一週間前、マンションの管理人が工務店の人を連れてやってきて、ついに誰かが引っ越してくるようだとわかった。

「リフォームと言っても、水回りだけ、それもほんの少しですから、数時間で済みます」

「工事の騒音なら構いません。たいがい、イヤホンをして仕事してますから。それより、うちの子の自転車をどかさないといけませんね。そこの鉢植えも」

エレベーター前のスペースを我が家で独占できなくなるのは残念だが、仕方がない。

私は自転車を一階の駐輪場に移動させ、鉢植えをベランダに出した。その翌々日か何かに、工事はいつやったのか気づかなかったほど煩《うるさ》くもなく短時間で済んで、そしていよいよ昨日の午前十時過ぎ、お向かいの部屋に引っ越してきた。

「初めまして。今日、向かいの部屋に引っ越してきた山田と申します。これ、つまらないものですが……」

ピンクのリボンを掛けた長四角の箱を差し出され、受け取ってみると軽かった。たぶん、タオルだろう。先週、工務店の人からもタオルを貰ったが、包装の感じから推すと、こっちの方が高級そうだ。

「ありがとうございます。わざわざ、ご丁寧に」

近頃は引っ越し挨拶《あいさつ》を省く者の方が多いぐらいだ。歳《とし》の割にきちんとした人だな、と思った。

若い女性だ。連れはいない。

セシルカットというのだったか、横も前髪も短く切りつめたベリーショートの髪型が、茹《ゆ》で卵を思わせるツルッとした小さな顔によく似合っている。白いブラウスに紺のセーター、デニムのズボンという服装は、小ざっぱりして清潔感があり、好感が持てた。特別に美人というわけではないが、とても感じがいい。

そして、会ったことがあるような気がする。

しかし、来月四十八歳になる子持ちで出不精な私と、こんな若い人との接点はごく少ない。彼女は二十代半ばか後半か、せいぜい三十代前半だろう。

「あの、どこかでお目にかかったことがあるかしら？　なんかそんな気がして……」

「いいえ」

あっさり否定されてしまった。私は気持ちを切り替えた。

「そう。山田さん、ご家族は？　うちは子供がいるんですよ。独りっ子なんですけど」

唯一のママ友が居なくなってしまったこともあり、こんど誰かが向かいに引っ越してくるなら、うちの子と同じくらいの子供がいる主婦だといいな、と、以前から期待していたのだ。

せめて既婚者であれば、と思ったのだが。

「まだ独身なんですよ。行き遅れてしまって」

和代はおっとりと微笑《ほほえ》んだ。

「お子さん、お幾つですか？」

訊ねられるままに答えると、そこからごく自然にするすると会話が始まった。

和代は聞き上手で、ハッと気づいたときには、自分のうちについてだいたいのこと——

子供は独りっ子で女の子。夫は映像制作会社を経営している。私は大したことないフリーの物書きで、自宅で仕事をしていることが多い。実家は神奈川県の鎌倉市にあるが、生まれは東京だ等々――は、話してしまっていた。

「初対面なのに、自分のことばっかりペラペラ喋《しゃべ》ってしまって、ごめんなさいね」

私が恐縮すると、和代は「いいえ」と笑顔で否定した。

「とても楽しく伺いましたから。こんど是非、ご家族でうちに遊びにいらしてください。私、お料理が趣味なんです。お菓子作りも」

「そうですか」

失礼にならないように微笑を浮かべてうなずきながら、胸に小さな棘《とげ》が刺さったように感じた。

私は、料理が得意ではない。家で菓子など、作ったこともない。近頃そのことで、娘の美玖からぶうぶう言われているのだ。

「今日も、後で何かこしらえようと思っているので、もしよろしかったら、お持ちします」

クラシックな言葉遣いで喋る人だと思った。今時の女性が、料理をすることを「こしらえる」なんて言うだろうか。私の世代でも珍しいかもしれない。

古希を過ぎているうちの母や、はるか昔に亡くなった祖母は言っていた。夕ご飯を「こしらえる」。お汁粉を「こしらえる」。

手間がかかっている感じがする言葉だ。

「そんな、申し訳ないわ。今日はお忙しいでしょうし……」

「いいえ、ちっとも忙しくなんか。独り身ですから」

別れてから、仕事は何をしているのか、聞きそびれたことに気がついた。

お向かいの入居者を募る不動産屋のチラシを何度か見たことがある。独身女性が借りるには少々高すぎる家賃が載っていたように思う。和代は、よほどの大企業に勤めているのか、儲《もう》かっている会社の経営者なのか、それとも私と似たような自由業で、私よりはるかに成功している口なのか。さもなければ、金持ちのうちの娘か。

――それにしても、やはり、どこかで会ったという感じがする。

忘れていた記憶が蘇《よみがえ》ったのは、そして「吸血鬼」などと思いついたのは、夕方、美玖が帰ってきて五分か十分ぐらいして、和代が再び訪ねてきたときだった。

ドアチャイムが鳴り、玄関に行くと、扉の向こうで和代の声がした。

「すみません」

和代は「せーん」と「せ」の字を伸ばして言った。のどかな声音だ。もしや本当に何か「こしらえて」きてしまったのではあるまいかと予感したら、その通りだった。

ドアを開けた途端、ビーフシチューのいい匂《にお》いに鼻先を包まれた。

真っ白な割烹着《かっぽうぎ》を着た和代が、両手で鍋《なべ》を捧《ささ》げ持って立っていた。

鍋は、蓋《ふた》付きの琺瑯《ほうろう》で、見るからに重そうだ。

「やっぱりこしらえてきちゃいました。今日、食べなくても、冷凍に出来ますから、どうぞ貰ってください」

やむを得ず鍋ごとシチューを受け取って、とりあえず傍らの下駄箱の上に置いた。

鍋はまだ温かかったが、熱すぎるというほどではない。冷めるだけの時間があったということだ。和代はいつから料理をしていたのだろうか。まさか、あれからずっとか。

シチューだけではなかった。和代は、腕に小さな紙袋を引っ掛けていた。六本木にある有名なケーキ店のロゴが入っている。鍋を私に渡すと、それを外して差し出した。

「これも。ちょっとだけですから」と、申し訳なさそうに首をすくめる。

「困るわ。こんなにいただいてしまっては……」

「いいえ。あの、これ、袋は《アマンド》のですけど、中身は私がこしらえたタダみたいなものなんです」

そんなにこしらえられては迷惑だ。そう言いたかったが、和代は善意そのものといった、少し困ったような微笑みを浮かべ、ひたと私を見つめている。

「じゃあ」

貰うことにして、紙袋の中を覗《のぞ》くと、ほのかなシナモンの香りが立ち昇ってきた。底に何か入れた上に、綺麗な花模様のペーパーナプキンがふわりと被《かぶ》せてある。

そこへ美玖がやってきて、「こんにちは」と和代に挨拶をした。「お向かいの人?」と小声で私に訊ねる。

和代は、小学生の美玖に向かって大人にするような挨拶をした。そして「お幾つですか」と訊ねた。

美玖は頰《ほお》を赤らめて答えた。子供扱いされていないことが嬉《うれ》しいのだろう。

「まあ」と和代は目を丸くした。「十一歳ということは小学五年生ですか。中学生かと思いました。とてもしっかりしていらっしゃるから」

美玖は照れて、私が持っている紙袋を覗き込んだ。「これ、なあに?」

和代は笑顔になり、「アップルパイです」と私と美玖を交互に見ながら答えた。

そして、言った。

「ほんの一切れずつですよ」

その瞬間、遠い過去から、カズヨちゃんの面影が蘇ってきた。

ほんの一切れずつですよ、と、カズヨちゃんはニコニコしながら皆に言い渡した。私と妹の奈那子、同じ団地に住む仲間のナッちゃん、タカギくん、ケイちゃんは、一斉にこくんとうなずいた。

今日はアップルパイだ。アップルパイが家で作れるものだとは思わなかった。昨日のシチューも美味《おい》しかったけれど、オヤツは、こういう甘いお菓子の方がやっぱり嬉しいな。

「美味しい！」ひとくち頰張るなり、奈那子が喚《わめ》いた。五月蠅《うるさ》い。声が大きすぎる。「カズヨちゃん、またこれ作って！」口からボロボロと食べカスが落ちた。奈那子はお行儀が悪く、母さんがいくら叱《しか》っても直らないのだ。

カズヨちゃんは、にこやかに「はいはい」と奈那子に返事をして、私たちと一緒のテーブルの端っこの席に着いた。

被っていた三角巾を取ると、男の子みたいに髪を短くした頭があらわれる。三角巾も割烹着もシミ一つなく真っ白で、パリッと糊《のり》をきかせて、しっかりアイロンが掛かっている。

「食べ終わったら、マンガ読んでいい？」と私はカズヨちゃんに訊ねた。

もちろん、カズヨちゃんは駄目とは言わない。

「いいわよ。『はいからさんが通る』の新刊と『王家の紋章』の一巻を、ちょうど昨日、買ったとこ」

私は歓声をあげた。カズヨちゃんは凄い。流行《はや》りのマンガにも詳しい。うちの母さんも他の子たちの親も皆、「マンガを読みすぎると馬鹿になる」と言っているのに、カズヨちゃんは違う。母さんがカズヨちゃんは自分と同い年だって言っていたけど、信じられない。真っ先に自分のアップルパイを食べ終えたタカギくんが、物欲しげに部屋中を眺め回したかと思うと、目を輝かせた。

「《チップスター》と《ポポロン》だ!」とテレビ台の棚を指差して騒ぐ。

どっちも、テレビ・コマーシャルで宣伝している新しいお菓子だ。去年発売された筒型の箱入りポテトチップス《チップスター》はこの春の遠足のとき買ってもらったけれど、《ポポロン》は、まだスーパーマーケットの《忠実屋》で二、三度、見かけただけだ。

「《ポポロン》って、どういうの?」

「小さなチョコレート味のシュークリームみたいなんだけど、サクサクしてるの。食べてみる? いっぱい食べすぎると、夕ご飯がいらなくなってしまうから、少しだけ」

カズヨちゃんはそう言ったが、私たちはいつも食べすぎた。そのことで、ケイちゃんのお母さんはカズヨちゃんに苦情を言いに来たんだって。ケイちゃんのお母さんも、うちの母さんと同じでオバサンなのだ。

どうしてカズヨちゃんは特別なんだろう。

独りぼっちだからかな。

——あれは、公団アパートの団地に住んでいた最後の年だから、一九七七年だ。

それで、「吸血鬼」なんて言葉を思いついたのだ。和代がカズヨちゃんだとしたら、吸血鬼みたいに歳《とし》を取っていないことになるから。

当時、私は十歳か十一歳だ。うちの美玖と同じ、小学校の五年生。

カズヨちゃんは、私の記憶違いでなければ母と同い年だから、おそらく三十四、五歳。

どうやって生計を立てていたのか知らないが、独り暮らしをしていて、訪ねて行ったら留守だったということが一度もなかった。

お料理が上手で、子供が好きで、子供たちが好むようなマンガやお菓子をよく心得ていた。流行の歌謡曲にも明るく、ピンク・レディーの『渚《なぎさ》のシンドバット』を一緒に振りつきで歌ってくれたし、《ジュリー》こと沢田研二のレコードも全部、持っていた。

私が八つか九つの頃、カズヨちゃんは同じ棟の上の方の階に引っ越してきて、初めはうちを訪ねてきたのだ。

うちでカズヨちゃんと母が二人でお茶を飲んでいた光景を、ぼんやりと憶えている。カズヨちゃんの部屋に友だちを連れていくようになったのは、うちにカズヨちゃんが来なくなってからだった。

私と奈那子は、カズヨちゃんが大好きだった。だから訪ねて行ったのだ。それが小学校の三年生の中頃のことで、その後、あるとき、友だちを連れていったら、みんなカズヨちゃんの魅力にやられてしまい、私の仲良しグループ全員でしょっちゅう彼女の部屋に入り浸るようになった。

そのせいで、カズヨちゃんは、団地のママ軍団に睨《にら》まれていたようだ。

母親たちからカズヨちゃんへ向かう文句を、私は、なんとなく知っていた。アパートの廊下でカズヨちゃんが嫌味を言われているのを、そばで立ち聞きしてしまったこともあるが、それ以上に噂《うわさ》や伝聞として耳に入ってきた。団地の子供の情報網は密だったから。

そしてあの頃はオバサンたちに反発を覚えて、言い返さずに謝ってばかりのカズヨちゃんに同情していたけれど……。

でも、今はむしろ、ああいうオバサンの心の方が、よくわかる。

あの団地の主婦の多くが内職に精を出していたし、子供を「カギっ子」にしてパートタイムの仕事を掛け持ちしている者も少なくなかった。そういう時代だったのだ。都心部の公団アパートで子育てしている若い夫婦の大半が、いずれは郊外の一戸建てを購入して住むつもりで、貯蓄に励んでいた。

あの頃は、多くの主婦が二十代前半で第一子を産んだ。女優でもない限り、女は三十過ぎれば立派なおっかさん、言いかえればオバサンの風格を身に着けていた。

そんな中、カズヨちゃんは、ひどく異質だった。

髪を振り乱して懸命に働いて、心の余裕など持ちようもなく、どんどん老け込んでいく。そんな団地のオバサンたちの心を、毎日暇そうに、歌うように生きて、子供たちに慕われているカズヨちゃんは、ただもう、そこに居るだけで傷つけたのではなかったか。

子供たちの教育上よろしくないというのは、口実に過ぎなかっただろう。

団地の母親たちは、カズヨちゃんが大嫌いだったのだ。

おそらく私の母も、カズヨちゃんをうちに呼ばなくなった頃から。

それでも、奈那子が行方不明になるまでは、母は、私たちがカズヨちゃんのうちに行くのを止めはしなかった。

十一月、私の十一歳の誕生日の三日後に、突然、奈那子が消えた。

妹の奈那子は小学二年生で、前の月に八歳になったばかりだった。

その日は金曜日で、奈那子の学年は、授業が四時間目までしかなく、給食の後、掃除と終礼を済ませて午後一時に下校した。

私たち五年生は六時間目まであった。四時頃、うちに帰り、「ただいま」と言いながら玄関に入った途端、部屋の奥からドタドタと足音を立てて母が駆けてきたので驚いた。私の姿が目に入る前から、「奈那子なのっ?」と叫んでいる。

「ううん。私だよ」

母は肩を落とした。「奈那子を見なかった?」

首を振って「ううん」と答えると、母は居間にある電話台のところへ小走りに向かった。

背を丸め、外し放しになっていた受話器を胸に抱え込むようにして「お待たせしました」と誰かに詫《わ》びている。電話機の横に、奈那子のクラスの《電話連絡網》のプリントが広げてあることに気がついた。母は奈那子のクラスメートの家の人と会話していたのだ。

私が見ている前で、母は妹のクラスメート全員の家へ次々に電話を掛けていった。合間を捉《とら》えて、私は母に何があったのか訊ねた。

「奈那子がまだ帰ってこないの。寄り道なんて一度もしたことがないのに。下校した時刻から、もう三時間も経《た》つわ」

母は「もう三時間」と言ったが、私は「まだ三時間」と思い、なんと大袈裟《おおげさ》なと呆《あき》れた。

妹は確かに学校からはいつも真っ直ぐ帰ってくるけれど、元来、きかない子だ。

奈那子のやつめ、さては気まぐれで、ランドセルを背負ったままどこかに遊びに行ったな、と私はそのときは決めつけた。

間もなく、母は、奈那子が学校の友達の家には行っていないことを確認し終えた。それならば、奈那子が行きそう所は、あとは三ヶ所しかない。

「学校に戻ってるか、そこの公園か、でなきゃ、カズヨちゃんのうちじゃない？」

「学校にはクラスの人たちより前に電話して、学校中捜してもらったけど、居ないって。公園は、うちのベランダから隅々まで見えるもの。何度も見たけど居なかった。山田さんちも、最初に思いついて行ってみたけど、鍵《かぎ》が掛かっていて」

「いつも玄関、開けっ放しなのに珍しいね。じゃあ、きっと、お留守なんだ」

奈那子のクラスメートの家に電話を掛け終えると、母は、父の会社に電話して父を呼び出した。父も私と同じく事態をあまり深刻に受け止めなかったようで、電話中、母は何度か声を荒らげた。早く帰宅するようにと、父を説得しているようだった。

しばらくして、母は溜息《ためいき》を吐《つ》きながら受話器を置いた。そして、「交番に行ってくるわね」と私に言い置いて、外へ出ていった。

奈那子も

——「もう三時間」が四時間になり、五時間になり、すっかり日が暮れても、奈那子も両親も帰ってこなかった。

さすがに心細くなり、やがてお腹《なか》も空いてきた。空腹に耐えかねて、炊飯器に残っていた冷たいご飯に、永谷園の《お茶づけ海苔《のり》》を掛けてポットのお湯を注いだのを食卓で掻《か》き込んでいるところへ、母が近所のオバサンたちに付き添われて帰ってきた。

近所の人たちは、母が「うちの下の子を見ませんでしたか」と顔見知りと行き合うごとに訊ねたり、奈那子を呼ぶ声を聞きつけたりするうち集まって、協力してくれたとのことだった。

父は、いつもなら私と奈那子が布団に入らなければならないとされている夜の九時頃に帰ってきて、母と口論になった。

翌日は土曜日で、両親は警察署に行くと言って、私に鍵を預け、朝から出掛けていった。

私は、午前中だけ学校の授業があった。

うちに帰ると誰も居なくて、しばらくすると、外から母が電話してきた。

「今、駅の周りや商店街の方を見て回ってるの。あなたは、お留守番していて」

お昼ご飯のことを訊くより先に、ガチャンと受話器を置かれてしまった。

と、そこへ、カズヨちゃんが訪ねてきた。ご飯を食べさせてくれると言うので、のこのこついて行くと、涎《よだれ》の出そうないい匂いが部屋中に充満していた。

「ビーフシチューよ」とカズヨちゃんは言った。

大きな肉の塊がゴロゴロ入った茶色いシチューで、とても美味しく、私は二回もお代わりして食べた。

一晩たっても出てこない奈那子のことは、子供心にも当然、心配ではあった。しかし、まさか、それっきり消えてしまうだなんて、思いもよらなかったのだ。

シチューを食べ終えて、貸してもらったマンガを読んでいると、突然、乱暴にドアを開けて、母が現れた。カズヨちゃんを突きのけ、土足で部屋に踏み込んできたので驚いた。

私の腕をむんずと摑《つか》んで、無理矢理に立たせた。

「行きますよ」

「母さん、痛い」

母の指が二の腕に喰《く》い込んでいた。しかし、お構いなしに母は私をぐいぐい引き摺《ず》り、うちに連れ帰った。

明くる日曜日から、私は鎌倉にある母方の祖父母の家に預けられた。数日後には母も来て、私たちは二度とあの公団アパートに帰ることはなかった。

母が来てから何日かして父も鎌倉の家にやってきたが、祖父母を交えて夜遅くまで話し合っていたかと思ったら、翌朝、玄関で私の頭をひと撫《な》でして、どこかへ行ってしまった。

ずっと後になって、両親が離婚したことを私は知った。奈那子が行方不明になった責任を醜く押しつけ合った挙句、別れたのだ。

「これは美味《うま》い。こんな美味いシチューは食べたことがない。レストランで出せる味じゃないか。これならアップルパイも期待できるな。お向かいさんはコックさんか？」

「さあ。仕事のことは聞かなかったから。でも、趣味って言ってた。料理が趣味だって」

「いい趣味だなあ。きみも鉢植えじゃなく、こっちにしたら？」

私は軽くショックを受けた。夫は、いつもは私が植物を育てることに賛成してくれているのだ。「一年中、花と緑が絶えない家っていいもんだね」と言って。私が料理が苦手なことも、受け容《い》れられているものと思っていた。

夫に、山田和代と比べられたように感じた。そして彼は向こうに軍配を上げたように。敗北感にまみれ、「無理よ。向き不向きってものがあるから」と私は言った。

美玖が「そうだよ」と口を出した。

「ママには無理。不器用だし、いっつも、何でも、レンジでチンするかフライパンで焼くか。とにかく簡単なもんしか作らないいじゃない」

夫は美玖に同調して「そうだな」と言ってから、慌てたように「だけど、ママはうちでお仕事してて、忙しいからね」と一応、私をフォローした。

実際のところ、そんなには忙しくないのだ。閑《ひま》にしているときも多い。うちが鉢植えだらけになっている所以《ゆえん》である。

「山田さんちにお料理を習いに行こうかなぁ。パパ、私ね、調理クラブに入ってるんだよ」

美玖がそう言うと、「おっ、そうなのか?」と夫は私に目を向けた。

「そうなのよ。それが悩みの種で……」

「美玖が調理クラブに入って、なんできみが悩むんだい?」

夫は笑うが、冗談ではない。美玖はクラブで何か習ってくるたびに、「ママはこんなもの作ってくれたことない」「ママのやり方は間違ってる」と私を責めるのだ。

夫にそう話すと、美玖は「だって、ホントのことだもん」と不服そうにした。

「おいおい、あまりママを苛《いじ》めるなよ」

「苛めてない。ホントのことだから、しょうがないの。それに、他の子たちは、クラブでやるだけじゃなく、うちでも教わったり、一緒に作ったりしてくるんだよ。不公平だよ」

私がいつも美玖に言われていることだが、夫は知らなかっただろう。物問いたげな視線を投げかけてきたので、うなずいて見せた。

夫は思案顔になり、「山田さんに教えてもらえないかな？」と独り言のように呟《つぶや》いた。

「料理を？　誰が？　私？　初対面なのに、そんなこと頼めるわけないじゃない」

「違うよ。きみじゃなくて、美玖だよ。それに、時期を見てっていう話さ。もしもいい感じに親しくなれたら、そのうちに、ということ」

私は肩の力を抜いた。私は御免こうむりたいが、美玖が教わるのなら構わない。

「なるほどね。でも、ちょっと図々しいお願いだと思うから、美玖はあまり期待しちゃ駄目よ」

美玖は目を輝かせていた。

「大丈夫！　山田さんとだったら、きっと、すぐにうんと仲良くなれるよ！」

「適当なことを言って。まだ一回会っただけで、どんな人かも、わからないのに」

「わかるよ。とってもいい人だよ。パパ、あのね、山田さんてね……」

私はもう食事を終えていた。席を立って台所に行き、調理台でアップルパイを皿に移した。

アップルパイは直径十五センチ程度の円いものを四等分したうちの、三切れだ。

うちの家族構成を私が話した後で、用意したのだろう。

残りの一切れは、山田和代が自分で食べるのだろうか。

何ということはないが、胸の奥がもやもやした。

最初、和代は好印象な女だと感じたが、これやシチューを無理に持ってきたのと、カズヨちゃんのことを思い出したせいで、ケチがついた。


シチューの鍋を返しにいくとき、シクラメンの鉢植えを持っていった。縁の直径が三十センチもある大きな鉢植えだが、押しつけがましいのはお互い様だと思った。

和代は少しも迷惑そうな顔を見せなかった。厭《いや》がってくれてもよかったのに。

彼女が来てから、もうじき一ヶ月が経つ。

もう十一月だ。誕生月だ。また一つ、歳を取ってしまう。

近頃、美玖は本当にお向かいに料理を習いに行くようになった。塾が休みの月曜日と水曜日の夕方と、出掛ける予定の無い土曜日のお昼に。

美玖は料理やお菓子を毎度持ち帰ってくるし、材料代もかかるわけだから、と、お金を渡そうとしたが、和代は頑として受け取らない。

毎度、鉢植えをプレゼントするわけにもいかない。夫に相談したら、そのときは「ご厚意に甘えたら」と私に言ったくせに、翌日、会社からコンサートのチケットを持ち帰ってきた。夫の会社が関《かか》わっている女性ポップス歌手のコンサートで、こんどの金曜日の夕方六時開場、七時開演となっている。今、街中にポスターが貼られていて新聞にもデカデカと広告を載せているところを見ると、大人気なことは確かだけれども。

「そんなもの、貰ってきて。もしも嫌いだったらどうするの?」

「そしたら、返してもらえばいいじゃないか。でもね、実は三枚あるんだ。きみと美玖も行けばいいと思って」

「ええ? 私は行かない。その歌手、好きじゃないんだもの」

意地を張ったわけではなく、本当に私はその歌手が嫌いだった。

「でも、美玖は好きだって言ってたぞ。山田さんと一緒に行きたがるんじゃないか」

「美玖を連れていかせたら、負担になって、山田さんへのお礼にならないでしょう」

「そうかなあ? 美玖は、もう自分のことは自分で出来るよ。それに、これだって買ったら高いんだよ。S席の、一番いい所のチケットなんだから」

「それとこれとは別よ。純粋にお礼がしたいの。お菓子だってお料理だって、材料代がかかるんだから、せめて実費分ぐらいはお支払いしなければ拙《まず》いでしょう」

「……わかった。僕から山田さんに、美玖の件の代金をお渡ししよう。僕なら、滅多に山田さんと顔を合わせないからね。お母さんからお金を受け取るのは、お互い家にいる者同士だから気づまりだと思ってるんじゃないか」

私は納得し、夫を少し見直した。そういうものかもしれないと思った。そして、本当に夫は和代のうちを訪ねて、美玖の料理の先生代の話をつけてきた。

ついでにコンサートのチケットも渡してきて、そして「なぜか、僕と美玖と山田さんの三人で行くことになってしまった」と頭を掻きながら私に報告した。

「いいんじゃない？」と心とは裏腹なことを私は言った。「外でまで、美玖の面倒を山田さんだけに押しつけちゃうわけにはいかないと思うもの」

「うん。そうそう、それで、コンサートの後、レストランで晩御飯をご馳走《ちそう》させてもらおうと思ったんだが、きみも食事だけ一緒にどうだい。レストランに来たらいい」

私は、そのつもりになった。

ところが、コンサートの当日になって、原稿の直しが入ってしまった。出来れば本日中にと言われ、大至急、修正して入稿し直さなければならなくなった。

大切な取引先からの依頼であり、修正が必要になった箇所は広範に渡り、私が資料を読み誤ったことが原因、つまり私のミスで、断ることなど考えられなかった。

夜までに入稿できたらレストランに行くと夫と美玖に約束したが、無理だろうとわかっていた。

一日一日には、肌触りのようなものがあると思う。和代が現れてから、それがざらついてしまった。微《かす》かな引っ掛かりがあり、居心地が悪くて仕方がない。

以前よりも、私はベランダで鉢植えをいじっている時間が長くなった。

父子でコンサートとレストランに行って以来、家族団欒《だんらん》の席にときどき、和代の名が上るようになった。和代は爽やかで人が好く、可愛げもあるから、美玖だけでなく、早晩、夫も彼女に惹《ひ》かれるであろうと予想はしていたが、実際こうなってみると疎外感がある。

毎週土曜日の朝に、夫はお向かいのドアチャイムを鳴らす。

そして封筒に入れたお金を和代に手渡す。

銀行振り込みにしたらいいと私が言うと、彼は目を剝《む》いて、「そんな他人行儀なことをしなくてもいいじゃないか」と言った。

和代は他人なのに、何を言っているのかと思った。

美玖は、思春期に差し掛かって生意気になり、以前から私を見下すような傾向があったが、和代のところに通うようになってから、それが顕著になった。

「ママも、最近の音楽を聴いたら?」

あるとき、たまたま私が好きなオールド・ジャズを掛けているところへ学校から帰ってきて、そんなことを言うのである。

「和代ちゃんは、私が好きな今の歌手やバンドをよく知ってるよ。ママは、全然知らないと思うけど」

――カズヨちゃん。

「最近、そう呼んでるの？　和代ちゃんて」

「うん」悪いか、と言いたそうに、美玖は唇を尖《とが》らせた。

「いいけど、あまり失礼のないようにね。あちらは大人なんだから」

「わかってるよ。でも、和代ちゃんは、なんだか、お友だちみたいなの。好きなものも、ほとんど私と一緒だし」

「好きなものって？　音楽のこと？」

「それだけじゃなく、アニメとかゲームとか。タレントとかも。あとねぇ……あっ、お洋服も！　それで、ママに許可を貰ってきてって言われてたんだった！」

「許可って、何の？」

「あのね、和代ちゃんと一緒に原宿に行きたいの。次の土曜日」

私は許可しなかった。そのことを美玖が和代に報告すると、すぐに和代は私を訪ねてきた。

「うっかり余計なことを言ってしまって、申し訳ありませんでした。美玖ちゃんにも悪いことをしました。次からは気をつけます」

私は適当に和代の相手をしながら、彼女の服装に目を走らせた。

第一印象から変わらず、ふた昔前の真面目《まじめ》な女学生のような格好だ。私が子供の頃によく見かけた丈が短めなセーターを着ているが、こういうのがまた流行っているんだろうか。

「後学のために伺いたいんだけど、山田さんはいつもどちらでお洋服を買っていらっしゃるの？」

和代は、安価なファスト・ファッションのブランド名を口にした。原宿でなくとも、どこにでもあるチェーン店ではないか。

和代は、美玖の気を惹こうとしたのだろうか。思春期の少女が好むティーン向けのファッション雑誌では原宿は聖地の扱いで、美玖も憧《あこが》れている。あの町には、私の目には不良のように見える少年少女が大勢歩いており、そして美玖がまさにああいう不良じみたファッションを羨望《せんぼう》しているとわかるので、滅多に連れていかないのだが。

「私には最近の流行がよくわからなくて」と私は苦笑をまじえて言った。

「でも、とてもセンスがよろしくていらっしゃいます。今日、お召しになられているお洋服も、とっても素敵」

ほら、まただ。「こしらえる」の次は「お召しになる」だ。

お召しになって。そうカズヨちゃんは私の母に向かって言っていた。

たしか、あれは団地にカズヨちゃんが来たばかりの頃だ。訪ねてきたカズヨちゃんを、母がうちに上げたのだ。

カズヨちゃんは菓子折と手編みのセーターを持ってきた。

「自分用に編んだのだけれど、私にはちょっと小さすぎるみたい。あなたならほっそりしてるから、素敵に着こなせると思ったの。よかったら、お召しになって」

「いいの？　貰ってしまって。ずいぶん手間が掛かったでしょう？」

「ううん。それ、流行りのデザインだけど、編むのは簡単なのよ」

「でも、糸代だって馬鹿にならないのに。凄く洒落《しゃれ》た毛糸だわ」

「全然。大安売りのときにまとめ買いした毛糸だもの。どこにだって売ってるようなのよ」

――記憶の中のカズヨちゃんとお向かいの和代は、まるで同一人物である。

母からカズヨちゃんの話を聞きたくなった。

カズヨちゃんはいきなり鍋入りシチューを持ってきた山田和代にそっくりだから、初対面に近い間柄であっても手編みのセーターをプレゼントしかねないが、思い出した二人の会話のようすは、長年の知り合い同士のそれのようだった。

土曜日、例によって美玖がお向かいに行っている間に、母に電話を掛けた。

「ええ。その通りよ。山田さんは女子高の同級生だったの。初めて逢《あ》ったのは十六のときで、五十七年も前になる。何年も会わなかったから、団地で上の階に越してきたときにはびっくりしたわ。親の遺産で食べつないでるって言ってたっけ。高校のときも、団地のときも、初めは良かったの。山田さんは、『悲しみよこんにちは』のジーン・セバーグそっくりで可愛いし、とても感じがいい子だったから、私の方から話し掛けて、仲良くなったの。二人で《ダッコちゃん人形》を買いに浅草に行ったり、美智子さまのご成婚パレードをテレビで一緒に観《み》たり、楽しいこともたくさんあったわ。でもね、当時の流行り言葉で《ご清潔でご誠実》というのがあったんだけど、山田さんは本当に《ご清潔でご誠実》すぎて、欠点が無いの。そこが鼻について、だんだん厭になってきて。だけど、こちらが避けても、あっちから寄ってきちゃうのよ。数え切れないぐらい待ち伏せされたわ。電話や手紙も、毎日毎日よ。しかも、いつのまにか、私の他の友だちが全員、山田さんに夢中になっていて、山田さんから離れると、私がのけ者になってしまうって気がついたの。だから高校を卒業して別れ別れになったときはホッとした。暫《しばら》くは山田さんのことを忘れてたのよ。忙しかったから。就職して、お父さんとお見合いして会社を辞めて、そしてあなたが生まれて奈那子のことがあって……」


「ちょっと待って」私は母の話を遮った。

「奈那子が行方不明になったのは、カズヨちゃんが引っ越してきた何年も後よ」

電話の向こうで母がヒュッと喉を鳴らした。

「違うのよ」声が震えている。動揺しているのだ。なぜだろう。「違うの。奈那子はね」

そう話しはじめたかと思ったら、また黙る。

何なのだ。私は苛立《いらだ》った。

「いったい何？　奈那子が何なの？」

「奈那子は」

「早く続きを言ってちょうだい」

「奈那子は私の子じゃないの」

——奈那子は父がよその女に産ませた子。貰ってきて、母が産んだことにして役所に届け出た。奈那子の顔が父に似ていたのは幸いだった。可愛がって育てていたのに、と母は絞り出すように言った。

「山田さんが殺してしまった」

そんなことは信じられない。しかし、母は確信しているようだ。

「死体は、肉にして、煮込んでしまえばわからないでしょう」

信じない。肉に、だなんて。グツグツと煮えていた、あのときのシチュー。ビーフシチューだとカズヨちゃんは言っていた。本当に美味しかった。信じない、信じない。

「だから私は山田さんを殺したの。頭を床に打ちつけて」

あのあと、すぐに引っ越した。あれから、両親は離婚した。

だから何だというのか。お母さんはどうかしているに違いない。

「お父さんに打ち明けた。お父さんは黙っていろ、と。忘れてしまえ、と」

「お母さん、さっきから何を言ってるの。どうしちゃったの、急に……」

母は私の声が耳に入らないようだった。堰《せき》を切ったように語りつづけている。

「鎌倉に引っ越して暫くしてから、興信所を雇って、山田さんがどうなったか調べさせたら、お葬式が出てたって。独りで部屋で死んでるのが発見されたって。転んで、打ちどころが悪かったんだって。私が殺したと思うのに。それとも違うの？　どっちなのかしら？　奈那子の躾《しつけ》に手を焼いてるなんて、山田さんに愚痴を聞かせなければよかった。奈那子は本当は私の子じゃないなんて、打ち明けたのは失敗だったわ。山田さんは私のことが好きすぎたの。山田さん、同じ団地に来たのは偶然だって言っていたけど、信じなければよかった。再会してみたら、やっぱりいい人だから、仲良くできるかもしれないと思ったのは間違いだったわ。私を捜しあてて、やって来たに決まってるのに。そして、私のために奈那子を殺した。ご近所中みんなが奈那子捜しを手伝ってくれる中、真っ先に駆けつけそうな山田さんだけが来ないことに気づいたとき、すべてわかってしまったのよ。翌日だって、他の人たちは手分けして捜してくれてたの。山田さんは、自分のうちに居て、あなたに奈那子の肉を、シチューにして――。」

「やめて！」

大声を出すと、母の言葉の奔流がようやく止まった。

私は頭の中を整理した。そして、もちろんそんなことはあり得ないが、もしも母の話のとおりだとしても、カズヨちゃんが奈那子を殺した証拠も、母がカズヨちゃんを殺した証拠もありはしないと気がついた。

「馬鹿らしい。聞かなかったことにするわ」

「これからそっちに行ってもいいかしら？　こないだから行くつもりだったのよ」

「奈那子の話なら、もうよして。これ以上、何も聞きたくない」

「違うの。お向かいの人を見てみたいの。山田さんかもしれないわけでしょう？」

殺したの死んだのと自分で話しておいて、これだ。ボケてしまったのか。

「しっかりしてよ。興信所に調べさせたら、カズヨちゃんは亡くなってたのがわかったんでしょ。それに、生きてたとしてもお母さんと同じ、七十三よ。お向かいさんは私よりずっと若いんだから、あの人がカズヨちゃんだとしたら、吸血鬼ってことになっちゃう」

私は笑い声を立てたが、母は「そういうこともあるかもしれないじゃない」と言った。

「今から行くわ」

「来てもいいけど、明日にしたら？　もう午後だもの。明日の午前中にいらっしゃい」

「厭よ。今夜は独りで居たくないの。怖い夢を見そうだから」

子供みたいなことを言う。やはりボケたか。私は母の我儘《わがまま》を聞き入れることにした。

電話の後、三十分ほどかけて母から聞いたことを頭の中で反芻《はんすう》してから、お向かいを訪ねた。

ドアチャイムを鳴らすと、ほどなく和代が扉を開けた。私を見て、柔らかく微笑む。真っ白な三角巾と割烹着に、この表情。カズヨちゃんと似ているどころの騒ぎではない。

「あら、いらっしゃい。どうぞお上がりになって。今日は美玖ちゃん、学校のお友だちを連れてきてくれたんですよ」

「えっ？」

初耳だ。いつもどおり、うちから真っ直ぐお向かいに行ったとばかり思っていた。

玄関に、子供の靴が何足も、やや乱れた列を作って並んでいる。美玖のスニーカーもあった。部屋の奥で子供たちがさんざめくのが聞こえ、溶けたバターとバニラの匂いがする。

「知らなかったわ。美玖ったら、何にも言わないから」

娘に裏切られた気がした。そこへ、声を聞きつけた美玖がやってきた。後ろに同年輩の少女たちもぞろぞろついてきている。

「ママ。どうしたの？」

「鎌倉のお祖母《ばあ》ちゃんがこれから来るって、知らせにきたのよ」

「えっ、ホント？ どうして？」

「美玖の顔が見たいんだって」と私は嘘をついた。美玖の肩越しに、「こんにちは」と、少女たちに挨拶をする。少女たちは私に応えてバラバラと頭を下げた。

美玖が、「調理クラブのみんなだよ」と私に説明した。

「山田さん、どうもすみませんね。こんなに大勢、お邪魔して。大変でしょう」

「いいえ、全然。みんな良い子ですし、私も楽しんでますから」

「お祖母ちゃん、もう来ちゃう？」

美玖が心配そうに私に訊ねた。まだ和代と一緒にいたいのだろう。

「ううん。さっき電話で話したばっかりだから、こっちに着くのは夕方ね。夜になるかもしれない」

美玖は心底嬉しそうに「よかった」と言った。その喜びようが憎らしい。前はお祖母ちゃんが大好きだったのに。

あれから支度をして年寄りの足でバスと電車を乗り継いで鎌倉からうちに来るわけだから、たっぷり三時間は掛かるだろうと思っていたら、母は、二時間半でやってきた。

まだ六時にもならない。美玖は和代のところから戻ってきたばかりで、自分の部屋で学校の宿題をやっている。夫は、渋谷にある会社から五時過ぎに電話を掛けてきて「今から帰る」と言っていたから、そろそろうちに着く頃合いだ。

ドアチャイムが鳴り、台所で夕食の支度をしていた手を止めて、急いで扉を開けたら、夫ではなく着物姿の母だったので驚いた。胸に四角い風呂敷《ふろしき》包みを抱えている。

「早かったわね」

母は強張《こわば》った顔で、いきなり、「お向かいの人は？」と私に訊ねた。

本当にボケてしまったのかもしれないと案じながら、「自分の家にいるでしょ」と私は軽くいなした。

「さっきまで美玖と学校のお友達たちにお料理を教えてくれてたの。やかましいのが居なくなって、今頃、一息ついてるんじゃないかしら。まずは草履を脱いで、上がってよ」

「美玖を行かせてるの？　駄目よ！」

母が怒鳴ったので、美玖が廊下に顔を覗かせた。

「どうしたの？　お祖母ちゃん？」

「何でもないのよ」と私は振り返って美玖に言った。

その隙に、母は肘に提げていたバッグを放《ほう》り投げるように下駄箱の上に置き、風呂敷包みだけ抱えて、玄関の外に飛び出した。

「待って。美玖は宿題やってなさい」

サンダルを突っ掛けて母を追いかけたが、年寄りの癖に案外すばしっこくて、私が追いつく前にお向かいのドアチャイムを鳴らしてしまった。

扉の内側から「はあい」と和代がのんびりした返事を寄越した。私が母を押しのけて名乗るより早く、すぐに扉が開いた。鍵を掛けていなかったようだ。

「どうなさったの？」和代は澄んだ円い目で、私と母を交互に眺めた。

突然、母が唸《うな》り声を発した。「ううう」

和代を見た途端だ。驚いて母を振り向いたときには、すでに風呂敷包みを高く振りかぶっていた。

私は、母の袂《たもと》を摑んで止めようとした。和代が顔の前に両手をかざすのが見えた。清潔そうな掌《てのひら》と白いおでこを風呂敷包みが襲う。

鈍い音がして、和代が仰向けに床に倒れた。そこへ、母が風呂敷包みを放りだして馬乗りになる。風呂敷がほどけて、鎌倉名物《鳩サブレー》の黄色い缶が転がり出る。やっぱり《鳩サブレー》だった、いつもお土産というと母はきまってこれなのだ、と、間の抜けたことが一瞬、頭を過る。それどころではないのに。

「お母さん、何やってんの！　やめて！」

母は、ひっくり返っている和代の腹に跨《また》がり、衿首《えりくび》を摑んで、後頭部を床に打ちつけた。母を引き剝《は》がし、玄関から引き摺りだそうとしたが、抵抗されて、揉《も》み合いになる。

運良く、そこへ夫が帰ってきた。和代の部屋の玄関が開け放しだったのも、ついていた。夫が母を取り押さえてうちに連れ戻し、私が和代を介抱した。

病院に連れていこうと思ったが、和代は首を横に振った。

「たいしたことありませんから。お年寄りですもの、力が弱くて。お母さまですよね」

「そうなんです。まさかあんなことをするなんて。本当にすみません。このお詫びは必ず」

「いいえ。どうか、お気になさらないで。それより、この《鳩サブレー》は……」

「ああ、お厭ですよね。それで殴られたんだし、きっと中身が割れてしまってるし」

「そんなこと、いいんですよ。もし、よかったら、私が戴いても構いませんか。昔から大好物なんです。この黄色い缶も可愛らしくって……」

警察を呼ばれてもおかしくないことを母はしでかしたと思うのに、和代は落ち着いたものだ。

人が出来ているのか、鈍いのか。あんなふうに突然襲われたら、まだ衝撃で震えていても不思議はない。

穏便に済ませてくれるのは有難いが、薄ら寒い違和感を覚えた。

居間で美玖に母を見張らせておいて、夫を寝室に引っ張って行き、「奈那子が失踪《しっそう》した原因かもしれない近所の女」に和代が瓜《うり》二つだったため、母は錯乱したのだろうと話した。

夫は「ボケちゃったかな」と呟いた。

「私もそう思った。また襲いに行くといけないから、すぐ帰らせる。私が連れていくわ」

「僕もついて行こうか？」

「ううん。念の為、あっちに一晩、泊まってくるから、美玖と居てあげて。夕飯、もうほとんど出来てるから、二人で食べて」

「じゃあ、途中でお祖母ちゃんに暴れられると困るから、タクシーで行くといいよ」

すっかりボケ老人扱いだが、本当に母のようすは変だった。和代から引き離されてからは、かえって心配になるほど大人しくなり、何でも言いなりになる。座れと言えば座り、歩けと言えば歩くといった調子だ。魂が飛び出して、抜け殻になったようだ。

夜の九時を少し回った頃、鎌倉の家に到着した。寝るには早いかもしれないと思ったが、早々に母を寝室に追いやり、家族のアルバムを引っ張り出してきて食卓で眺めた。

カズヨちゃんが映っている写真があるかもしれないと思ったのだ。残念ながら、それは一枚も無かった。奈那子と私が一緒に写っている写真を見ていると、母がパジャマ姿で起き出してきた。

「寝てればいいのに。そんな格好じゃ風邪をひくわよ。何か上に着ないと」

母の寝室に羽織りものを取りに行き、綿入り半纏《はんてん》があったので持って戻ると、母は奈那子の写真に尖った視線をじっと据《す》えていた。私は半纏を着せてやり、横から手を伸ばしてアルバムを閉じた。

「奈那子は……」

「もう奈那子の話はしないで。聞きたくないって言ったでしょう」

「……カズヨちゃんは、邪魔者を退治したつもりだったのかもしれない。通学路の道沿いに、よく吠える犬がいるおうちがあったの。私はそれが怖くて、嫌いでね。そうしたら、その犬が急にいなくなったの。あれもカズヨちゃんの仕業だと思う」

これは困った。母の妄想はとどまるところを知らない。一度、病院で診てもらった方がいいかもしれない。どうしたものか――。

「そうだ！　女子高の頃の写真で、カズヨちゃんが写ってるのは無い？　写真があれば、お向かいの山田さんとは別人だってわかるはずよ」

私も、頭の中でカズヨちゃんを和代と同じ顔にしてしまっている。母は私より重症だが、私も、少し変になりかけているのかもしれない。

この誤解が解ければ、母も私も、正気に戻るんじゃなかろうか。

母は写真を探しはじめた。しかし、いつもは開けない納戸や箪笥の奥まで掻き回しても、母の高校時代のアルバムは一向に見つからず、やがて私は諦《あきら》めた。

「駄目ね。もう寝ましょう。私も眠たくなってきた。とにかく、お向かいさんはカズヨちゃんじゃないからね。わかった？」

「わかってる。だって山田さんは、私が殺したんだから。頭を床に打ちつけて」

私は言葉を失った。和代にも同じことをしようとした、母の執念深さにゾッとして。

それからは、お互いほとんど口をきかなかった。「おやすみ」と言い合って、私は今は客用寝室になっているかつての子供部屋へ、母は自分の寝室へ、それぞれ引き揚げた。

鎌倉のこの家は木造の平屋で、どこかの戸を開けたてすれば、その音は、どの部屋にいても聞こえないはずはない。なのに、私は朝まで目を覚ますことはなく、夜のうちに母が外に出たことに少しも気づかなかった。

翌朝、庭の松の木で首を吊《つ》っている母を、私は発見した。

やってきた警察官に促されて母の家計簿を調べたところ、自殺に用いたロープや脚立は近くのホームセンターで、近頃——和代のことを初めて母に電話で話した後に——母自身が購入したものだとわかり、遺書は無かったが覚悟の自殺であろうとされた。

母は、カズヨちゃんを殺して、自分も死ぬつもりだったに違いない。

葬儀は通夜も告別式も行わない家族葬にして、夫と美玖と私だけで見送った。

その後、父の家に国際電話を掛けた。母と離婚後、父はフィリピンに移り住み、あちらに家族を持った。電話するのは、美玖が生まれたことを報告して以来だった。父の息子の嫁という人が出て、父が認知症になっていることを説明してくれた。前の妻が死んだことをその人に伝えたが、父はたぶん理解できないだろうと彼女は応えた。

　そういうことなら、父も死んだのと同じだ。私は、いっぺんに両親を失ってしまった。奈那子も、きっと死んでいる。

　もう夫と美玖しか家族はいないと思うのに、葬儀の後、かえって独りでいることが増えた。相続税を支払うためには、実家を売りに出す必要があるとわかり、私が鎌倉に通って、家の片づけをしたり、不動産業者を探したりすることになったのだ。

　鎌倉は、麻布十番の我が家から中途半端に遠い。片づけ作業はようするに肉体労働で、朝からやって日帰りするのはきつかった。二度、やってみて、三度目からは一泊か二泊、泊まり込んですることにした。

　ある日、作業に一区切りつけて午後六時頃に帰宅すると、和代が来ていて、うちのことをやってくれていた。この家の主婦のように、和代は我が家の景色に馴染《なじ》んで見えた。

「大変ですね」と私を労わる。「お節介かなと思ったんですが、こういうときはお互いさまですから。どうぞ、ゆっくりしてください」

　完璧《かんぺき》な夕餉《ゆうげ》の支度が整っていた。肉じゃが、焼き魚、その他、和代が「こしらえた」見るからに美味しそうなご馳走が沢山、広くもない食卓に窮屈そうに乗っかっている。

美玖が「お風呂も、出来てるよ」と言った。夫も、いつもならまだ帰らない時刻なのに、今日はもううちに居て、部屋着に着替え、ソファでくつろいでいる。掃除もしたのか、うち中が、なんとなく綺麗に整っているようでもある。

「申し訳ないけど、お帰りになっていただけますか」

美玖がカッと憤り、「なんで」と私に怒鳴った。夫も「おい、おい」と言って、咎《とが》める視線をこちらに向けてきた。

負けるわけにはいかないと私は思った。「申し訳ないけど」と和代に向かってもう一回言った。歯ぎしりしたいような気持ちだった。

「ごめんなさい。でしゃばった真似《まね》をしました。上がり込んでしまって。帰ります」

「和代ちゃんは悪くない。ママ、どうして?」

「美玖ちゃん。いいのよ」

和代は美玖をたしなめ、夫に向かい丁寧に頭を下げて、「失礼しました」と言って帰っていった。

美玖が口をきいてくれなくなった。

夫は、私が和代に謝り、もっと親しく付き合うべきだと言う。

「お世話になってるんだから。いったい何が不満なんだ」

実家の片づけは進まない。まだ、それなりに価値がありそうな陶磁器や掛け軸や、銀行や郵便局の古い通帳がごっそり束になって出てきたりするので、清掃業者に任せるわけにもいかない。

そんな折に仕事の依頼が来て、つい、鎌倉の家で原稿を書きはじめてしまった。一泊のつもりが二泊になり、三日目の日も暮れてきて、あたりが暗くなったことに気づき、慌てて麻布十番の自宅に帰った。

うちには誰も居なかった。お向かいに行くと、夫と美玖は夕食どころか、風呂まで借りていた。

「美玖はともかく、あなたまで」

二人を家に連れ帰り、寝室で夫を責めた。

「さすがに風呂はまずかったかな」

「そうよ。非常識にも程がある。まさかとは思うけど、あなた、山田さんと……」

夫は厭な目つきで私を見た。軽蔑《けいべつ》の眼《め》だと気づき、愕然とした。

「ごめんなさい。でも、だって」

「でももだっても無い。五月蠅い。この話はもう終わりだ」

美玖は、この頃少し体つきが丸みを帯びてきた。

和代に美味いものを食べさせてもらっているからだろうか。

最近、生理が始まったせいもあるだろう。

和代のうちで初経を迎え、生理用品を貰ったそうだ。私は気まずく、和代に礼を述べに行った。そのときの態度が悪かったと言って、美玖はまた私をなじった。

夫とも、うまくいかない。そう言えば、母の自殺以来、夜の生活が途絶えている。夫によると、和代は親の遺産を食いつないでいるらしい。カズヨちゃんと同じだ。

師走に入り、ようやく実家を不動産業者に明け渡す運びとなった。もう通わなくて済む。

久しぶりに美玖と外食でも、と思い、帰りを待っていたが、五時を過ぎても帰宅しない。

もしかして、と思い、厭だったが、和代のうちを訪ねた。

「いいえ。いらしてませんよ」

和代はいつもの真っ白な割烹着を着て、玄関に出てきた。美味そうな匂いが彼女の後ろから漂ってくる。「シチュー」と思わず私は呟いた。

「ええ。そうなんです。ビーフシチューを煮込んでるんですよ。後でお持ちしますね」

——奈那子がいなくなったときも、カズヨちゃんはシチューをこしらえていた。

「美玖っ」と私は叫んだ。和代を押しのけて、部屋の中に踏み込む。

台所のステンレス槽の中に、赤黒い血の筋を絡みつかせた大小の骨が、山になっていた。

「ああ、それは、後でスープの材料にしようと思って」

食卓の隅に、見覚えのある髪留めがポツンと置いてある。

「それ、美玖ちゃんのです。落としていったので、持って帰りなさいって渡そうとしたら、ここに置いておいてほしいと言って。どうしてもって。美玖ちゃん、ちょっと反抗期ですか？　実は、うちに来るたびお母さんの悪口を言うので、少し叱ったんですよ」

「美玖は私が産んだ子よ。奈那子とは、わけが違う。殺してなんて頼んでない」

飛び掛かると、和代はあっさりと台所の床に倒れた。両手でその頭を摑んで、床に後頭部を打ちつけてやると、白目を剝いて気絶した。

意識を失くしたその顔は、紛れもなくカズヨちゃんだ。何十年も歳を取らない化け物。

——と、カズヨちゃんは、みるみる老けて母と同じくらいの年寄りになった。かと思うと、しゅるしゅると若返って十代の少女になり、目を開いた。

「あなたのことが大好きなの」

少女になったカズヨちゃんに優しく囁《ささや》かれ、「私もよ」と応えてしまいそうになった。

でも、私が口を開く前にカズヨちゃんの姿は魔法のように掻き消えて、台所には、グツグツと煮込まれているシチューと私だけが取り残された。

そのとき、玄関の方で夫の声がした。「こんばんは。またお邪魔しに来ましたよ。お、美味そうな匂いがしますね。これはいったい、どんな御馳走かな」

娘の肉が煮えていく。カズヨちゃんは消えてしまった。いや、また現れるのかもしれない。背後に佇む者の気配を感じる。

振り返ると、和代と美玖と夫が、横一列に並んで立っていた。

「お母さん、心配した？ ごめんね。友だちと寄り道して遅くなったの」「おい、どうしたんだ、こんなところで」「ええ。さっき急にしゃがみこまれて。大丈夫ですか」

私は三人を振り仰ぎ、言葉を発することが出来ない。立ち上がることも。グツグツグツグツとシチューが沸騰している音が、私を床に押さえつける。

グツグツ。美玖が殺されていたら。和代が化け物なら。グツグツ。そっちの方がまし。グツ。嘘よ、今のは本気じゃないの。グツ。誰か火を止めて。グツグツ。煮崩れる。グツ。グツグツグツ。庭で揺れていた母。グツ。妹の肉。グツ。娘の肉。グツグツグツ。グツグツグツグツ。カズヨちゃんのシチューは今日も上出来です。

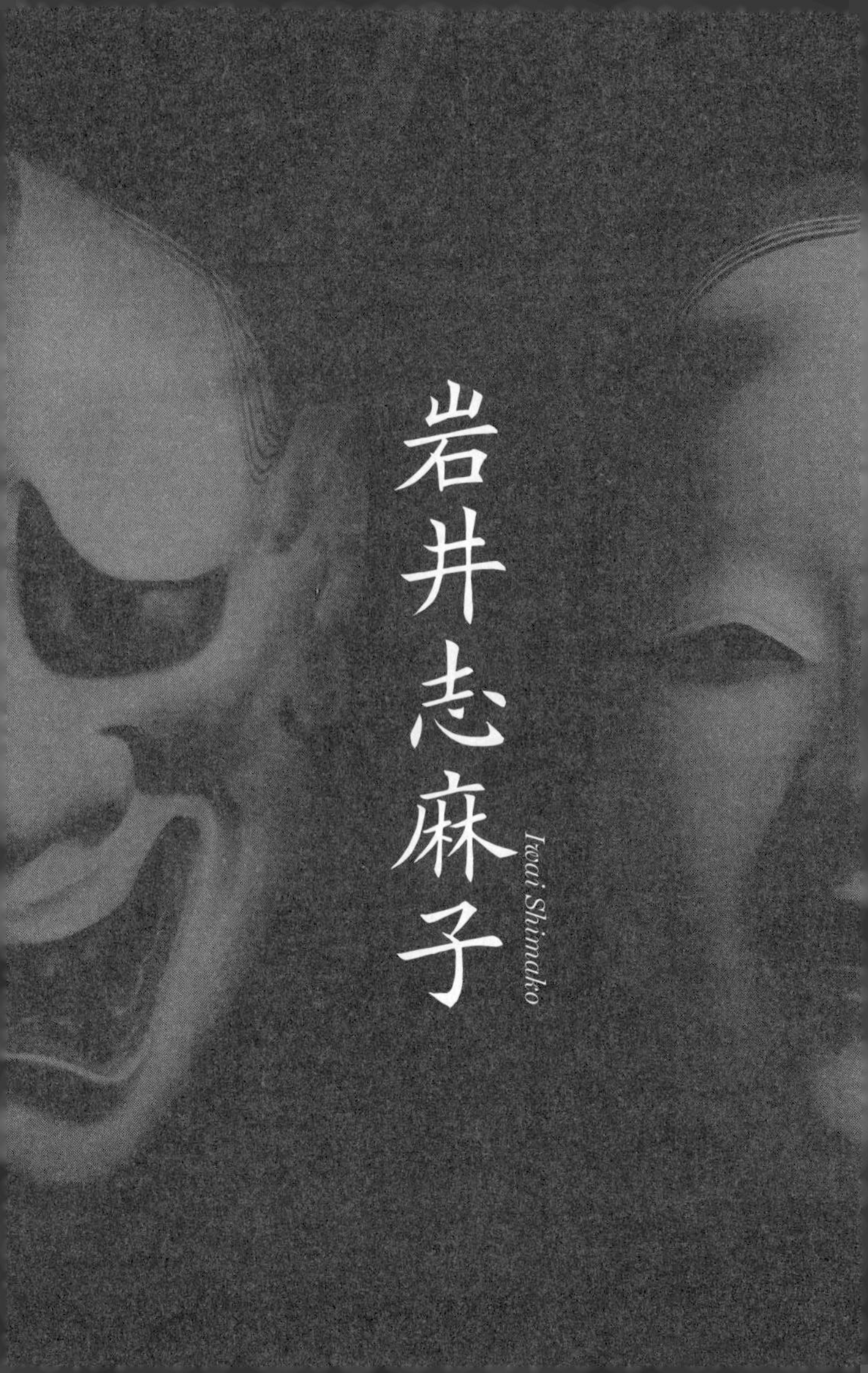
岩井志麻子
Iwai Shimako

岩井志麻子
岡山県生まれ。99年、短篇「ぼっけえ、きょうてえ」で第六回日本ホラー小説大賞を受賞。また同作を収録した同題の短篇集で第十三回山本周五郎賞を受賞する。恋愛小説『trái cây（チャイ・コイ）』で第二回婦人公論文藝賞、『自由戀愛』で第九回島清恋愛文学賞を受賞。他著書に『嘘つき王国の豚姫』『雨月物語』『現代百物語　妄執』など多数。

悪い人達の夢と眠らない人達の夢

ある異国の島の人達は、夢と現実を区別しないという。

夜眠ったときに見る夢もまた、現実にあったことだとする。誰かが夢ですごい経験をしたと話しても、それは夢だろうとはいわない。そんな経験をしてすごいな、と答える。夢であって夢でない、というのか。もしかしたら、現実こそが夢の一部だと思っているのかもしれない。

夢と現実の区別がつかないというのは我が国も含め、あまりいい意味では使われないのが通常だ。かの国の人達にとっては当然のことであり、なぜ区別しなければならないのか、そちらのほうがおかしい、となるらしい。

それらとはちょっと違うが、あれは現実だったのか夢だったのか、区別がつかなくなっていることはけっこうある。私にも、ある。

たとえば同業者の女性は子どもの頃ニュース番組を見ていたら、アナウンサーが、

「今夜は隣で火事が起きますから、気をつけようね」

と画面越しに話しかけてきてくれたという。彼女は思わず、はい、とうなずいていた。

そして夜、本当に隣家が燃えた。

彼女はアナウンサーの言葉が気になって眠れなかったので、隣家の異状にすぐ気づき、親にいった。親が通報し、類焼は防げた。

なのに、誰にいってもそんなアナウンサーの語りかけなど信じてくれない。

親には、夢だといい切られた。当時はビデオデッキも普及しておらず、ネットなど影も形もなかった。

大人になってから必死に検索してみたが、かのアナウンサーの不思議な発言などはどうにも見つからない。彼女は、嘆く。

「誰にいっても夢だって笑われるけど、私の中では現実よ。私の中で現実なら、世界にとっても現実よ」

同じく同業者の男性は、夏休みに従兄弟《いとこ》たちとちょっと遠くの海辺に遊びに行ったとき、夢か現実かわからない世界に踏み込んだという。

夜になって肝試しだと、昔の漁師小屋を一人ずつのぞきに行った。そこはかなり前から廃屋になっていて、特に怖い何かがあったわけではなかったようだが、夜の海辺ではひどく不気味に見えた。

真っ先に行かされた彼がおそるおそる壊れた戸の陰からのぞきこむと、月明かりだけではっきりわかるほど真っ白になった、女の水死体があった。

桃色の浴衣のようなものを着ていて、髪はほとんど抜け落ちているのにいくらか残ったそれが昆布のように黒々と、長く地面に広がっていた。目も鼻も口も溶けたようになって、なのに生きていた頃はきれいな人だったというのがわかった。

彼はそこからどうやって、従兄弟たちの待つ場所に戻ったか覚えていない。

「死んでる人がいる」

と泣きわめいたのは、覚えている。従兄弟たちも怖がりながら行ってみたが、そんなものはどこにもなかった。

荒れ果てた漁師小屋には、ただ月の光だけが白く射《さ》していた。

この話はけっこう長らく親戚《しんせき》の間では、怖がりの彼をからかう笑い話にされていたのに、あるときからふっと、そんな話はなかったことになっていたという。

たまに法事などでみんなが集まって、彼からその話を持ちだしても、

「そもそも海辺に泊まりがけでいったことなんかないよ、お前の見た夢だ」

「そういや、お前が寝ぼけて変な夢を見たと騒いだことがあったなぁ」

と、寝ぼけた子どもの夢の話になってしまっていた。それはあの女のしわざだと、彼はこれも信じている。

ともあれ彼も彼女も、あれは夢ではなかったといい張る。彼もまた、たとえ夢でも自分の中では現実だから、それは現実だといい張る。かの島の人のように。

そんな私も、夢にまつわる妙な話がいくつかある。

中学生の頃、テレビで日曜恐怖シリーズ、といったドラマが放映されていた。一つの話がずっと続くのではなく、毎回違う話が一話で完結する。

これは私の妄想でも夢でもなく、マニアックながら人気のあったシリーズで、同世代もしくはその前後の世代の人に話すと、私はあれが怖かった、ぼくはあれを傑作だと思う、なんてけっこう盛り上がる。

ちなみに私は、みんなが次々に同じ夢を見ていき、ついに夢に出てきた不気味な男が現実にも現れ、霊能力者が夢の中の悪者を退治するため美女の夢の中に分け入っていき……という、不気味にして官能的な「夢殺人」が一番印象に残っている。

そのドラマを観《み》終わった後、次回の予告編が流れた。タイトルやナレーションははっきり覚えてないが、予告編の映像は甘美なのに残酷だった。

古びた洋館の煙突から流れ出てきた煙が、女の顔になるのが恐ろしくも美しいと感じた。

怪奇ものなのに、叙情的で美しかった。

　その洋館の居間で、いかにも金持ちの奥様といった感じの中年女性が、可憐《かれん》なお手伝いさんらしき若い娘を生きたまま燃え盛る暖炉の中に放《ほう》り込み、彼女が焼けただれた顔で這《は》い出してきたりと、かなり強烈でもあった。

　ところが、その話だけは誰も知らないのだ。

　そういう私も楽しみにしていたはずなのに、そのドラマだけは観ていない。ただ、予告編だけを覚えているのだ。

　もちろんネット検索してみたが、そんなドラマはなかった。「夢殺人」の次のドラマは人気漫画家の原作のもので、私が予告編で観たものとはまったく違っていた。そちらのドラマの方は、ちゃんと観た覚えがある。

　何か別のドラマと混同しているか、あるいはまったくの夢か。といわれてしまうのだが、ただ一人だけ故郷の幼なじみが、

「よくわからないけど、煙突の煙が女の顔に、っていうのだけ覚えている。うん、それだけが幻想的できれいだった」

　といった。幼なじみと私は、夢の一部分だけを共有したのだろうか。

　ちなみにその幼なじみも、怖いもの好きではある。二人で学校をサボって、その子の家

に行って心霊番組を観た記憶もある。

怖い話を再現ドラマに仕立ててあり、これも夢ではなく、彼女もその日のことはよく覚えているというのだが。どうにも、かみ合わない部分がある。

有名な心霊スポットであるトンネルを車で走っていたら、ボンネットに何者かに飛びのられた。私の記憶では、それは真っ青な顔の老婆だ。しかし彼女の中では、子ども三人となっているのだった。

老婆の白目が悲鳴をあげたくなるほど怖かったといえば、恨めし気な子ども達の演技はたいしたものだった、と返された。私はそんなの、観ていない。

これも検索しても出てこないし、他の誰に聞いても知らないといわれるので、二人ともあんたの記憶が間違っている、あんたが見た夢と取り違えている、となっている。

自分の勘違いや夢の取り違えはさておき、他人から自分が夢の登場人物、幻の記憶の登場人物にされるときもある。

ある地方の会合で会った年配の男性は、実話も創作も問わず怖い話が好きで、私の本もたくさん読んでくださっていたのだが。

「岩井さんが出ていたオカルト系の内容の番組で、忘れられないものがあります」

といわれた。この話自体が、一つの怖い話となっている。私もけっこう、心霊や怪奇現

象をテーマにした番組には出ているけれど、

「ある窃盗団が博物館に入り込んで、名刀と呼ばれる日本刀をたくさん盗みだした事件を扱っていたでしょう」

といわれ、あれっと首を傾《かし》げた。なんなんだろう、それは。

彼はそんな私の態度に気づかず、一生懸命に身振り手振りもまじえながら、私が出ていたというその番組の話を続けた。

「ところが彼らは次々と、命を落としていく。日本刀ではないけれど、愛人の女ともめてナイフで刺されたり、夫婦喧嘩《げんか》で包丁でぶった切られたり、外国人のワルにその国のデカい刀で首を落とされたり」

そんな話、今初めて聞きました。とは、口をはさめなかった。

「とにかく、死因がすべて刃物によるものだったから、盗んだ日本刀の祟《たた》りだ、となったんですよね。私もそう思いますよ」

同意を求められても、困った。私はあいまいに、微笑《ほほえ》んでいたはずだ。

「結局、盗まれたもののうち半分くらいは見つかって博物館に返されたけど、残りの何本かがいまだ行方《ゆくえ》知れずだと番組でいってましたよね」

私はどうしても、その番組が思い出せない。というより、絶対そんな番組は出ていない。

その話自体も知らないし、とにかく日本刀にまつわる怖い話というのが思い出せない。

「それで岩井さんが、日本刀にまつわるすごく怖い話をしてて、横で聞いていた俳優のあの人と歌手のあの人が、震えあがっていた」

何より、彼が名前を挙げた俳優と歌手とは、ただの一度も共演したことがなく、どこかでお会いしたこともないのだ。

私はその俳優の長年のファンだから、共演したら忘れるなんてあり得ない。歌手の方は私の親友が大ファンだから、前々からもし何かで一緒になったらサインもらってとしつこく頼まれていて、ずっと気にしながらもまだ果たせていないのだ。こちらもまた、共演していたら忘れることは絶対ない。

しかし年配男性に向かって、あなたの勘違いですよとはいい出せない雰囲気があった。正直にいってしまえば、彼の現実が夢に変わってしまうのではないか。この私自身が、怖い夢を現実のものとして生きることにもなる。

怖い話が好きな人は、あくまでも自分から遠いところにある話が好きなのだ。自分の身には起こってほしくはないものだ。

そして後日、また妙な話が付け足された。

私とは会ったこともないのに年配男性の中では共演しているのを見た、となっていた歌

手。彼が私の知り合いに、

「岩井さんの、日本刀のホラー小説が好きだと伝えてください。あそこに出てくる女達は、みな生々しく色っぽかったし、怖かった」

といったらしい。いや、だから、私はそんなものは書いた覚えがないのだ。

生々しく色っぽく怖い女達は、夢の小説ではなくあなたの現実のことでしょう、と伝えてください。

とは、いえなかった。こちらにも、あいまいに笑っただけだ。

消えた女の研究と消した女の実験

「私がちょっと悪い友達やいろんな男とふらふらしていた頃だから、三十年くらい昔の話ということになるね」

と、この話をしてくれた飲み屋のママは苦笑いした。客からはヨッちゃんと呼ばれているママを、私もそう呼んでいる。本名は知らない。知ろうとも思わない。ヨッちゃんも本名を必死に隠し通している訳ではなく、聞かれれば答えてくれるだろう。

「もちろん、私自身もちょっと悪かった」

ヨッちゃんは私とだいたい同い年だ。私にもそんな時期があったので、なつかしいあれこれをヨッちゃんの話と関係なく思い出しもした。

「その頃の遊び仲間に、アケミちゃんて子がいたの」

私の遊び仲間にもアケミちゃんはいた気がするが、ヨッちゃんの友達とは別人だろう。

「もちろん偽名よ。本人は目立つ美人のつもりでいたけど、地味な顔だったなぁ。

でもどこか寂しげな雰囲気が、ある種の男を引きつけてた。モテるというより、付け入られるって感じ。もちろん本人はモテてるつもり」

ヨッちゃんはアケミを好きじゃなかったんだな。それはわかったが、友達だったのも本当なのだろう。女には必ずいる。嫌いな仲良しが。

アケミは見た目と違って派手好き遊び好きで、ヨッちゃんにいわせると身の程知らずにも芸能人志望だったし、けっこう平気で風俗バイトもしていたという。

ある日そんなアケミが、いい仕事をもらえたとヨッちゃんに自慢してきた。

当時アケミは、お金さえ払えば誰でも所属できる芸能事務所の養成所だかレッスン教室だかに所属していたが、芸能仕事はほぼ無かった。

普通のおばちゃんでもできる通行人役のエキストラ仕事だけで、それで生活するなんてとうてい無理だった。

水商売や風俗のバイトでしのいでいたが、テレビ局で知りあった大阪の社長さんが、声優の養成教室を作るから講師として来てほしいといってきたそうだ。

「テレビ局で会ったなんてウソ、絶対に風俗店の客として来たんだわ」

と、ヨッちゃんは決めつけた。そういうヨッちゃんも、当時から水商売のバイトはしていたそうだ。ヨッちゃんの場合、それが肌に合って本職にしてしまったのだ。

何にしてもアケミが、大阪の社長さんに口説かれたのは本当だった。

お試しで一か月だけ、ビルの一室を借りて声優教室をやってみる。生徒が集まれば自社ビルで、大々的に本格的に始動する。そんなふうに社長はいってきた。

「とりあえずアケミは、一か月だけ大阪に来てくれ。交通費も滞在費もすべて会社が持ち、高級ホテルに宿泊させ、別に小遣いとして一日に一万円を払う」

それが社長さんの提示した、美味《おい》しすぎる条件だった。

「世間知らずの田舎の子だった私も、さすがに変だなと思ったわ。アケミは芸能プロに入っていても、仕事なんか何もないシロウトだし。話が上手《うま》いとか声が可愛《かわい》いとか、そんなのもいっさいなかったし」

なんとなく、いや、きっとアケミもヨッちゃんを嫌いだったろうなと感じた。

「そもそも大阪なんて、しゃべりのプロがわんさかいるでしょう。単なるそこらのシロウトにそんな高い金を使わなくても、現地でもっと安くもっと上手い人をいくらでも調達できるじゃないよ」

そう忠告してあげたのかと聞けば、ヨッちゃんは首を横に振った。

「それいうと、アケミが本気で怒りだすかなぁと思って黙っていたわ。これでなかなか小心者だからね、私。

それに、ちょっとくらい見栄《みえ》を張らせてあげたいし、夢も見させてあげたいじゃないよ。いや、上から目線じゃなくて、ほら、友達だもの」

小心者ではなく小さな悪意を持つヨッちゃんは、いいなぁ私も大阪で遊びたいわといった。はしゃぐアケミは、ホテルに遊びに来てよといった。

ヨッちゃんは本当に、大阪のアケミが宿泊しているホテルまで行った。意地悪な気持ちもあっただろうけど、本当に友達ではあったのだ。

「アケミが泊まっている部屋のドアをピンポンしたら、オッサンが出てきたわ。例の社長ね。シャワー浴びててガウン着てた」

ヨッちゃんはにやり、確かにうれしそうに笑った。怖い話をしているのに。

「それでアケミは下着姿でベッドにいるの。これはもう、完全に出張売春ってやつでしょう。声優教室だの何だの、やっぱり全部嘘《うそ》だとわかった」

ヨッちゃんの記憶と感応したのかどうか、私にもはっきりその情景が見えた。

「社長、もう亡くなったある俳優そっくりだった。だから今も覚えてるんだけど。ちらっとドアの陰から見えたアケミは、目を開けたまま寝てるみたいだった」

そのアケミの表情も、ヨッちゃんの脳内から転送され、私の記憶に刻まれてしまった。

「なんというか、魂が抜けてたね。怖くなって、すぐドア閉めて立ち去った。社長は終始、無言でニヤニヤしてた」

アケミの運命は、社長と出会ったときに決まったのか。それとも、もっと前からか。ヨッちゃんと出会った頃には、もう決まっていた気がする。

「その夜は、ナンパしてきた男とラブホに泊まったわ。アケミからは何も連絡はなかった。当時はまだ、携帯なんて持ってなかったしね。

アケミのホテルにもう一度行くのは、なし。例の社長が怖かったから」

アケミは、いつまでも帰ってこなかった。講師として、大阪に住み着いたからではない。喉《のど》を切り裂かれ、路地に捨てられていたからだ。

首が取れかかるほど、喉は切り裂かれていた。なのに遺棄現場には血はなく、別の場所で殺されてから捨てられたというのはわかった。

アケミが殺されていたとヨッちゃんが聞いたのは、アケミの死から一週間ほど経《た》ってからだった。

ヨッちゃんにとってアケミは本名も知らない夜の街だけの遊び友達だったから、地元のわりと普通の子達のグループにいるときは、アケミとは連絡を取らなかったのだ。

当時はスマホもネットもなく、パソコンは一部のマニアのものだった。そして、今のような使い方はされてなかった。その頃のヨッちゃんはニュースもほとんど見ず、新聞もあまり読まなかった。

「遊び仲間の何人かのところには、いろいろ警察も聞きに来たみたいだけど、私のところには来なかった。よっぽど、こちらから行こうかと思ったわ。でも、怖かった。アケミの無惨な死よりも、あの社長がね」

結論からいえば、社長は犯人ではなかった。

アケミと付き合っていた男の一人によれば、例の社長はもちろん怪しまれたけれど、アケミが殺されたときは海外にいたらしい。わざとらしいアリバイ作りのような気もするが、今さら何をいってもどうにもならない。

「結局、事件は未解決のまんまなの」

そうだろう、それは予測できた。

「でも、社長の顔は忘れられない。私の中でそっくりな俳優の顔が社長の顔としてすり変わってて、焼き付いてるのかもしれないけど」

私も社長本人は見たことがないのに、その俳優の顔で記憶してしまった。

「なんといっても、社長のアケミを見る目よ」

ヨッちゃんは目を細め、煙草《たばこ》の煙の向こうを透かす。

「自分の愛しい女を見る目でもなきゃ、風俗嬢を性欲でなめ回すように見る目でもなく、獲物を狙《ねら》う獣や殺人者の目でもなかった」

よくわからないけれど、わかる気がした。私も、どこかの誰かにそんな目で見られたことはあったはずだ。

「うーん、実験動物を眺める研究者みたいな目だった。って、私はそんな人も場面も現実には見たこともないんだけどね。

なぜか、そのたとえがぴったりに思えるの」

なぜだろう。私も、そのたとえがぴったりな気がした。私に向けられた目の中にも、それは確かにあったからだ。

ママの話を、先日会ったお金持ちの奥さんにしてみたら、その社長を知っていると鳥肌を立てた。彼女もまた、私やヨッちゃんと同世代だった。

「あの亡くなった俳優そっくりって、それだーっ」

奥さんは、小さな悲鳴みたいな声を上げた。

「私も若くてバカやってた頃、お水のバイトしててね、同じ店にいた仲のいい子が、いいバイトがあるって話してたの。

アケミって名前ではなかったけど、思い出せない。ド忘れしちゃった。けっこう仲良かったのにね。年月の流れって、いろいろ怖いわ。マジに、アケミだったかもね。

ともあれ私の聞いたのは声優の養成所じゃなくて、花嫁学校みたいな感じだったわ」

奥さんも、その友達をあまり好きではなかっただろう。そんな口ぶりだった。

「水商売の子が男の扱いを教える講座があってもいい、とかなんとか。

じゃあ高級クラブのママとか、ベテラン売れっ子ホステスに頼むよね。バイトの若いねーちゃんには頼まないって。

でもその子は、アケミさんと同じことといってたわ。高級ホテル、滞在費とは別に小遣いも一万円もらえるとかなんとか。大阪じゃなくて福岡だったけど」

奥さんも例のママと同じく、話が怪しすぎると思った。でも、友達を止めなかった。

「それで仕事をくれる社長がその子のために取ったという福岡のホテルを訪ねたら、そうよそうよ、ヨッちゃんとやらの話とまったく同じ。ガウン着た社長が出てきたの。例の俳優にそっくりな。

その子はぼーっとして、ベッドに横たわってた。虚《うつ》ろな目を天井に向けて」

アケミではないと思うが、アケミみたいな子はあちこちにたくさんいたのだ。

「私は社長がすごく気味悪くて、逃げるように立ち去ったのね。それからしばらくして、その子は変な死に方をしたんだわ。

自殺か事故か他殺か、微妙な感じだった。薬と酒を飲みすぎて、ベランダから飛び降りたか転げ落ちるかしたの。遺書もなく、死ぬ理由もなかった。社長の目つき、私も覚えてる。ほんと、実験動物を見る研究者みたいな目だった」

その二人の社長が本当に同一人物かどうかもわからないし、事件の真相も犯人も何もかもわからないけれど。

何かの実験では、という二人の意見は、なんだかとても真相に近い気がする。

——ところで先の話に出てきたヨッちゃんは、もう一人「若い頃いなくなった友達」がいると、後日わざわざ改めて会いに来て話してくれた。

「これは二十年くらい昔の話。自分の中では時間が止まっている」

ヨッちゃんは故郷は北陸の方だが、アケミのいなくなった後にもいろんな大都市を水商売など転々としながら暮らしていた頃、やっぱり同じような友達がたくさんできた。

その一人に、ランという子がいた。

ランも本名ではないとわかっていたが、当時はヨッちゃん自身も含め、仲間はみんな適当な通称というかニックネームで呼ばれていたし、それで何も問題はなかった。

ヨッちゃんの本名はとても地味でありふれているそうだが、当時は宝塚スターみたいな名前を名乗り、本名とのギャップを隠すのではなくネタにしていた。

ヨッちゃんだけでなく、いかついコワモテの男が女の子みたいな可愛い本名なのも有名だったし、みんな頑《かたく》なに本名を隠しているのではなかったのだ。

ランだけはこれが本名だといい張り、本名が記されているはずのカード類は絶対に見られないようにしていた。自宅も、遊び仲間には教えなかった。

彼氏ということになっていた男達ですら、ランの本名は知らないのだった。ランは男の部屋を転々としていて、もちろん住民票などもちゃんと出していない。

「人を殺して逃げてんじゃないの」

「超ヤバい人達に追われてんじゃないか」

という噂《うわさ》は、噂では済まないのではともいわれていた。

そんなある日、ヨッちゃんがレンタカーを借りてランと横浜にドライブした。ランは横浜出身といっていたが、それも嘘っぽかった。

ヨッちゃんはランを好きだったが、親友を自認する自分にもいろんな隠し事をして嘘をつかれるのが嫌だった。ヨッちゃんは明らかに、アケミよりはランを好きだった。

この頃は携帯が出回り始めていたが、ランは持ってないといい張った。

だからわざと横浜に連れていって、ランが横浜について何も知らないのをちょっと追及してやりたい気持ちもあった。

ランはヨッちゃんに横浜に行こう、案内してよといわれたとき、確かに一瞬ためらった。

それでも、平気なふりをしてイイヨとうなずいた。

ドライブの最中は、普通に和気藹々《あいあい》として他愛ないおしゃべりに興じていたが、中華街の前に来たとき、ランが突然に停《と》めて、と焦った声をあげた。

「ある店に、すごく世話になったけど、不義理をしちゃった店主がいる。その人に会いたいけど、迷ってる。まず、いるかどうか見てきてほしい。自分が行くのは怖い」

などというのだ。通称ワンさんだという。

ランが初めて、本当の自分を出してくれた。そんな気がしてヨッちゃんはうれしくなり、車を停めてランを残すと、いわれた店に入っていった。

ところが店の人は、ワンさんなんて主人はいないという。混乱しながらもとりあえずランに聞いてみようと戻ったら、車ごとランは消えていた。

行って帰るまでに、五分くらいしかかかっていないという。

そんな短い間に忽然《こつぜん》と、ランも車も消えていた。取り残されたヨッちゃんはしばらく茫《ぼう》然《ぜん》としていたが、猛烈に腹が立ってきた。

嘘をつかれたのも悔しいが、嘘がばれないようにと置き去りにして逃げるなんて。それってあんまりじゃないか。友達に対する仕打ちか。

電車で東京に戻ったヨッちゃんは、片っ端からランの知り合いに聞いてみたが、誰も知らなかった。そうして一日が過ぎた。ランから連絡はない。

なんといっても困ったのは、車はレンタカーなのだ。ヨッちゃんは仕方なく、警察に届け出た。このままでは、自分が車をどこかに放置したことになってしまう。

その後本当に、ヨッちゃんは追いこまれた。誰もランの素性や本名を知らないから、ヨッちゃんが車をどこかに放置した、盗んだ、売った、そんな容疑をかけられて警察に取り調べられるなど、さんざんな目に遭った。

それっきり、ランは車ごと姿を消してしまった。車の盗難で警察は捜査したが、痕跡《こんせき》すら見つからなかった。当時はまだ、監視カメラも少なかった。

それだけが原因ではないが、ヨッちゃんもだんだんと何もせず、偽名を名乗る友達とふらふらするだけの生活に嫌気がさしてきた。

本腰を入れて水商売をすることにし、きちんと毎日出勤して常連さんをつかんでいった。やがて雇われママとして、店を任されるようにもなったのだ。

その間、アケミもだがランのことは完全には忘れられなかったが、次第に思い出すことは減っていった。

そうしてほぼ忘れかけていた頃、警察から連絡があった。九州のある山中で、ヨッちゃんが借りて乗り逃げされたレンタカーが見つかったのだ。

実に十数年の年月が流れていた。車内は無人で、遺留品も何もなかった。ランと名乗る女が乗り捨てたということで、話は一応それで終わったが。

横浜から九州という遠さが、なんとも異様な感じを受けた。その山の中は、地元の人しか行かないし行けないだろうという。

では、ランは九州の人だったのか。記憶をたどっても、ランが九州の話をしていたのは思い出せない。車を置いたまま、ラン本人はどこに消えたのか。

「本当にヤバいものから逃げていて、そこの人に捕まって消されたのか。それとも、実は私に横浜出身の嘘がばれるのが嫌なだけで逃げたのか。

なんか、後者のような気もするんだけど。今も、たまに街なかでランに似た女を見つけてしまうときがあるの。あっ、アケミもね」

まったく歳《とし》を取っておらず、あの頃のままの姿をしているから、やっぱりランもアケミも死んでいるのかもしれないとため息をつく。

「結局、本名もわからずじまい。二人とも無縁仏になっているか、立派な戒名がついているかなぁ」

そういえば、あのお金持ちの奥さんはヨッちゃんともアケミとも何の関係もなく面識もないけれど、アケミと深い仲にあった社長を見ていた。

間接的には、アケミとつながっていたのだ。だから、ランとも何かつながってないだろうかと考えてみた。そして、聞いてみた。

「まぁ、別人だとは思うけど。大昔、蘭子《らんこ》と名乗ってた知り合いはいたわ」

奥さんによると、東京近郊の地方都市で水商売をしていた同世代の女だそうで、彼女はこの世代でも珍しがられる五人きょうだいだった。

蘭子は、奥さんにこんな怖い話をしてくれたという。

「本当は六人なんですよ。私は長女で、末っ子の妹とは一回り離れていました。

高校生の頃、不良ってたんじゃないけどたまに学校サボってました。その日もゲームセンターを出たところで、幼稚園の服を着た妹に会ったんです。

なんでこんなところにいるのと驚いたら、

『先生が連れてきてくれた。でももう帰る』

といって手を振って、向こうに駆けていきました。私は本当に、幼稚園の先生に引率されて、みんなと来てたんだと思いこみました。

親に、お姉ちゃんと街で会ったなんていわれたら嫌だなぁとも思いましたよ。私は学校サボってたわけだから。親は厳しかったんですよ、ほんと。

その日、妹はいなくなりました。

幼稚園の先生によると、砂場で遊んでいるのを見たのが最後で、給食の時間になっても教室に戻ってこなかった。家に戻っているかと電話したけど、いなかった。大騒ぎになりましたよ。その日のうちに、警察にも届けられました。

私は学校サボっていたのを怒られるのは覚悟して、親にも警察の人にも、昼間に妹と繁華街で会ったのを話しました。

考えてみたら繁華街と妹の幼稚園はかなり遠くて、幼稚園児の妹が一人で電車を乗り継いで行けるわけがない。

絶対に、誰か大人に連れてこられたはずです。それが妹をさらった犯人に決まってますよね。でも、私は見ていない。妹しか見ていない。

半狂乱の親に、なぜそこで妹と簡単に別れたか、すごく責められました。つらかった。

妹は三日後に、見つかりました。空き地に放置されてた廃車の中で。手で絞め殺されていたみたいです。車に鍵《かぎ》はかかってませんでした。

その車からは、不審な指紋は取れなかった。妹の指紋もなかった。

犯人は、妹が先生と呼んでいた人でしょう。でも、幼稚園にそんな先生はいない。当時、幼稚園にいた先生全員にアリバイがあった。

妹に先生と呼ばせた人は、どこの誰だったのか。三年以上経った今も、わかりません。

私がこうして繁華街にいるのは、ふらっとまた妹が立ち寄りそうな気がするから。見知らぬ先生を連れているかもしれないけど」

その後、奥さんは蘭子を昔から知る人に会ってこの話をしたら、苦笑された。

「蘭子は一人っ子だよ。妹なんかいない。その話、いろんな人にしてるけど、すべてが嘘。作り話。蘭子は嘘つきだからねー。

自分が昔、小さな女の子を殺した、みたいなオチじゃないことを祈るよ。

別の兄や弟の話も、あなたみたいに彼女の過去や故郷を知らない人にするときがある。みんな、変な事件や事故で死んでる。

って、すべて作り話だから実在しないきょうだい達なんだけど。必ず『本当は六人だけど今は五人きょうだい』っていう。これだけは統一してる。何か深い意味があるのかな」

蘭子はある日突然、失踪《しっそう》したそうだ。ヨッちゃんがいうランと、奥さんのいう蘭子は同一人物かどうかはわからないが。

なんとなくヨッちゃんと金持ち奥さんは会わせない方がいい気がしてならず、引き合わせて話をさせるのはやめている。

もっともっと嫌な共通の知り合いの話が出てきそうだし、この二人が怖い過去を共有しているかもしれないからだ。

明るい不安に生きるか、暗い喜びに生きるか

携帯電話は出回り始めていたけれど、まだメール機能はなくて純粋に電話にしか使えず、パソコンは画像の出ない文字だけのもので、一部のマニアしか持っていなかった。だからこれももう、二十五年ほど昔の話になる。

ルミはいろいろと事情があって、未婚のままで娘を生んだ。相手の男は子どもができても結婚してくれないわけだから、援助は期待できない。

しばらくは実家の援助と貯金でしのいでいたが、娘が歩き始めるようになると心機一転、引っ越しもして働きに出ることにした。

だが、当時もなかなかすぐに入れてくれる保育所はなかった。仕方なく、金はかかっても個人的にシッターを頼むことにした。

今ならネットで探せるが、当時は自分で電話帳を探して連絡するか、求人広告を作って塀などに貼《は》らせてもらうしかなかった。

シッターさん募集。時給などは応相談。簡単な貼り紙だ。そこに自宅住所を書くのはためられたので、携帯の番号だけ書きこんだ。近所のアパートの大家さんが、快く塀に貼らせてくれたのだが。翌日、そこを通りかかって足がすくんだ。悪夢みたいな光景が、広がっていた。

ルミが貼ったのは一枚だったのに、おびただしい量のコピーを取られ、塀中に貼られていた。ざっと百枚以上はある感じだった。

その塀だけでなく、最寄りの駅まで行く道すがらの電柱や家の壁、いたるところに貼られていたのだ。しかも、すべてに不穏な文字が書き足されていた。

この女は鬼畜。産んだのは悪魔の子。

ルミは泣きながら、全部を剝《は》がした。ただの嫌がらせ、単なるいたずらにしては、手間がかかりすぎではないだろうか。

紙とコピーだって、無料ではない。彼女に深い恨みや憎しみを抱く人間が、やったとしか思えない。

実は、娘の父親に当たる男には正式な妻がいた。妻の仕業ではないかとも思ったが、証拠はない。騒ぎ立てて違ったら、もっと事態は悪化する。

アパートの大家さんにも謝り、疲れ果てて帰宅したら携帯に電話がかかってきた。公衆電話からのようだった。

警戒しながらも出てみたら、おっとり優しげな年配女性の声が聞こえてきた。

貼り紙を見た。シッターをやらせてもらえないか、ということだった。

この人は、貼り紙に変なことをされる前に見たようだった。電話で話す限りでは、優しくてしっかりした感じだった。しかし、顔も見ずに即決はできない。

その日は彼女も精神的な打撃が大きく、人と会う気になれなかったので後日改めて会う約束をし、その女性の住所を聞いてから電話を切った。

その夜は、娘がひどく夜泣きした。

ルミは貼り紙に嫌がらせをされたことで、当日はかなり落ち込んだが、次第に怒りの方が大きくなっていった。

次の日も、おびただしい嫌がらせの紙が貼られていたのだ。昨日貼ったのがすべてではなかったようで、さらなるコピーも取ってあったのだ。

警察に行こうと決意し、またすべてを剝がしながら歩いていたとき、ふと気づいた。シッターをやりたいと電話してきた女性の家が、この近くだと。

大事な娘を預けることになるのかもしれないのだから、会う前にちょっと家の外観を見てみようと思った。そして電話の主の家にたどり着き、また足がすくんだ。

いわゆる、ゴミ屋敷だった。

なかなか大きな二階建ての庭付きの家だが、庭にはガラクタが山積みされ、玄関からも窓からも家財道具やゴミ袋がはみ出していた。今まで嗅《か》いだこともない異臭が漂い、塀には変な虫がいっぱいたかっていた。

こんなところの人に、娘を預けられない。

足が、震えた。別の恐怖にも、支配された。ルミは警察に相談に行き、自宅周辺をパトロールしますと約束してもらい、家に戻った。

あの女性に、どういって断ろうか、娘の顔を見ながら考えた。保育所に入れてもらえることになった、というのが穏当だろうか。

しかし、それっきりゴミ屋敷の女性から電話はかかってこなかった。そして警察のパトロールのおかげなのか、変な貼り紙をされることもなくなった。

友達の伝手《つて》で良いシッターも紹介してもらえ、娘は素直に育った。彼女自身もバイトを掛け持ちしてがんばり、新しい恋人もできた。

娘のことも可愛《かわい》がってくれるので、彼と結婚することになった。ゴミ屋敷の周辺にも、もう近づかなくなっていた。

そして、引っ越しの準備をしていた日。娘が玄関ドアに貼られた紙に気づいた。

我が家のパーティーに来てください。

それだけの文面。そして、住所が書いてあった。知らぬ家だ。いや、何かしらこの住所には覚えがある。

そうだ、あのゴミ屋敷だと気づいた。

もう何年も、あちらの路地には足を踏み入れていない。気持ち悪いけれど、放置するのもまた落ち着かない気持ちになる。

思いきって、再びあのゴミ屋敷に行ってみたら。そこに、ゴミ屋敷はなかった。家そのものがなく、空き地になっていた。

その前に立ったとき、あの変な貼り紙もここの家の女のやったことではないかという気がした。これも、何の証拠もないけれど。

今は平穏に新たな家族と暮らすルミは、引っ越して以来ただの一度も昔住んでいた町には行ってない。嫌な貼り紙を見たくないからだ。

生き生きした幽霊と儚い人間

私よりややお姉さんで同業者の先生のお祖父《じい》さんは、若い頃は機関車の運転をしていたそうだ。そのときの話だから、もう六十年以上も昔の話になる。

お祖父さんは勤務中、何度も「事故」に遭遇したが、一番印象に残っているのが不可解な心中だと、幼かった先生に話してくれたそうだ。

走っているとき、乗客の男がいきなり中からドアを開けた。そして隣にいた女を突き飛ばし、自分も飛び降りた。すべてが、あっという間の出来事だった。

運転していたお祖父さんはその場面を見ていたのではなく、後から目撃者や一緒の車両にいた人、警官などによって聞かされた。

撥《は》ねたり轢《ひ》いたりしたのではないから、お祖父さんは衝撃を感じなかった。ただ、運転しているときに肩を叩《たた》かれたのは覚えていた。

左をトントンと二回、続いて右をトントンと二回。この独特の叩き方をするのは、行きつけの飲み屋のある女だった。

一瞬、あの女が乗ってきたかと振り返ったほどだが、もちろん運転席には自分一人で、そんな女が入り込んでくるはずがない。

そのときは気のせいだと思ったが、自分の運転していた機関車から突き落とされた女があの飲み屋の女だと知り、

「やっぱり幽霊ってものはいるのかな、と感じた」

という。しかしそう思わせたのは、彼女の幽霊ではなかった。

女を突き落したのは、近くの小学校の校長先生だった。

それだけ聞けば、真面目《まじめ》な校長が色っぽい飲み屋の女に惑わされ、痴情のもつれで……といった顛末《てんまつ》を誰もが想像してしまうだろう。

しかし、校長はその飲み屋にはまったく行ったことがなかった。

校長の周りの人も、そんな女は見たこともないという。とにかく二人の間には何の接点もないのだった。女の周りの人も同じく、校長をまったく知らなかった。

校長は良き教育者、地元の名士として多くの人に尊敬され、子ども達からも慕われ、家庭も円満だった。健康にも問題はなく、それこそ女の問題など一つもなかった。

飲み屋の女も、別の店の板前ともうすぐ一緒になって自分らの店を出すと、うれしそう

にみんなに話していた。

「この線路で轢き殺されたり、みずから飛び込んだりした人達のうちのどれかが幽霊になって、幸せそうな乗客に悪さをするときがある。それかな」

と、お祖父さんは語ったそうだ。しかしそのお祖父さんもまた、しばらくして謎《なぞ》の失踪《しっそう》をしてしまった。

もちろんもう、とっくに亡くなっているだろうが、今も生死不明のままだ。

お祖父さんも仕事や家庭に何の問題もなかったのに、突然消えてしまった。孫の先生は、いつか小説にしてみたいともいった。

「轢いた人の祟《たた》りなんかじゃなく、やっぱり現実的にお祖父さんには家族すら知らない何かがあったんですよ。その女にも、また。

校長と飲み屋の女には、二人しか知らない接点があったんじゃないかな。幽霊ではなく、生臭い人間同士のトラブルがきっとあったんですよ」

幽霊のせいにしておいたほうがいいほどの怖い真実が。と、先生は付け足した。そしてもう一つ、付け足してくれた話がある。

先生の親戚《しんせき》の話だそうで、前の話とは直接的な関係はないけれど、これもかなり昔の話だということと、意味や理由がわからない、というのは共通していた。

その親戚の家は農家だったから、広い庭に大きな納屋があった。そして先生が小学生の頃、その家で奇妙な出来事があった。

ある日気づくと、納屋いっぱいに、古い着物が積み重ねられてあったのだ。

どれも、少なくとも江戸時代に作られたものだったという。といっても、高価な着物や価値のある着物ではない。

着古して汚れた野良着、何度も繕い直してくたびれてしまった普段用の着物ばかりだった。妙な赤黒い染みの付いたものもあり、人を焼いた後のような臭いが納屋いっぱいに立ちこめていたという。

いったいどこの誰が、何の目的でそんなものを納屋に運び込んだのか。家族は誰も気づかず、やったのは何者か見当もつかず、なぜこんなことをされるのか、何から何までわけがわからないことだらけなのだった。

着物に詳しい呉服店の知りあいや、村で一番の旧家の御隠居などに見てもらったら、中に何枚か家紋の入った羽織りなどがあり、その家紋はこの地方でかつて栄華を誇った武家の流れを酌《く》む家のものだとわかった。

「でもね、親戚んとこは先祖代々の農家で、そんな武家とは何も関係ないの。その家系の子孫と何かあったかなんてのも、まったく心当たりがなかった」

納屋に放置しておくこともできず、業者に引き取ってもらって処分したが、一応はお祓《はら》いも受けた。その後、特に変わったことはなく月日は流れた。

それから先生と仲が良かったその家の従姉《いとこ》は東京の大学に進み、東京で就職して職場の人と結婚もした。従姉の相手は東京出身ではなく、やはり遠い地方から出てきた男性だった。

まだ知りあって間がない頃、家であった不思議な話をしたら、彼は自分にもよく似た経験があると驚いた。

彼の実家は海辺にあり、あるとき庭先に大量の古びた卒塔婆《そとば》が積み上げられていた。そんな嫌がらせをされる覚えはまったくなかったが、僧侶《そうりょ》を呼んで供養してもらい、卒塔婆も引き取ってもらった。

卒塔婆に書かれた文字はほとんど読み取れなかったが、いくつかはある武家の人達のものだというのがわかった。

そう、先生の従姉宅の納屋にあった着物。その何枚かにあった家紋を持つ武家だ。しかし二人の故郷は遠く離れていて、彼の地方とその武家は何の縁も見出《みいだ》せなかった。

そこから二人は、ただの仕事仲間ではなくなった。しかし一緒になった今も、その家紋の武家とは特に何かの縁も見つからないままだという。

その家紋の武家は、どうしてもこの二人を結び付けたかったように思えるが、そうではないような気もする。と正直にいったら、先生もうなずいた。

この話は書きたいけど私が書くべきではないかもね、あなたにあげるとも付け加えた。

南の国の悪い喜びと暑い国のひそかな楽しみ

南田《みなみだ》社長は東南アジアの某国に長らく暮らし、現地の女性と結婚して会社も経営している。見た目はすっかり、現地の人だ。

何度か泥棒にも入られ、さまざまな商売上の詐欺やトラブルにも遭い、私生活でも刃傷《にんじょう》沙汰《ざた》に巻き込まれたりしたそうだが。

「やっぱり一番怖かったのは、あれだな。『お父さん事件』だな」

といって話してくれたのは、もう二十年くらい前の事件だそうだ。

南田社長の経営する会社で採用した現地の若い女性は、優しくて優秀だった。パクチーと呼ばれていた彼女は母親と妹二人と暮らしていて、生活費と妹の学費のために夜はバーでホステスもしていた。

母親は結婚せずにパクチーらを産んでいて、姉妹の父親はみんな違った。

母親は元はそっち系の仕事だったようで、体を壊して働けなくなってからも、男出入りが激しかった。しょっちゅう、お父さんと呼ばされる男が変わっていた。

そんな環境でもパクチーはしっかり者で、なかなかの美人でもあったから、いい寄る男は少なくなかった。

しかし、まずは妹達をちゃんと育てたいという健気《けなげ》さを見せ、私の結婚なんかまだまだ先よと、特定の彼氏は作らなかった。

ある日、パクチーはいつものように定刻に仕事を終えて帰っていったが、しばらくしてまだ会社にいた南田社長に彼女から電話がかかってきた。

当時、現地で携帯電話など持っているのはごく一部の富裕層だけだったから、彼女はアパートの廊下にある公衆電話からかけてきていたようだった。

そして、最初から泣き叫んでいた。混乱しているうえにものすごい早口の現地の言葉なので、現地の言葉には慣れている南田社長にもほとんど聞き取れなかった。

ただ、さかんにお父さんお父さんといっているのはわかった。電話は唐突に切られ、これはただ事ではないとあわてた南田社長は警察に通報した。

そしてパクチーは現地の警察により、惨殺死体で発見された。

鈍器のようなもので執拗《しつよう》に頭を殴られ、頭蓋骨《ずがいこつ》は陥没して元の顔立ちもわからなくなっていたという。

発見場所はアパートの室内だったが、外から無理に侵入した形跡はなく、顔見知りの犯行とされた。何も盗まれていなかったし、性的な暴行もされていなかった。

そして、南田社長も重要参考人とされた。パクチーがお父さんお父さんと叫ぶ声を、何人かが聞いていた。

実は南田社長も彼女から、親しみを込めてお父さんと呼ばれていたのだ。

「結局、今も犯人はわかっていません」

たぶんそうだろうと、話の始まりから予感していた。

「お父さんってのが犯人だろう、とは思うけど。パクチー自身の父親なのか、どちらかの妹の父親なのか、母親が引っ張り込んでいた男の誰かなのか。

ただ、母親もその後すぐ不審死を遂げている。こちらは自殺とされたけどね。謎《なぞ》のお父さん。いや、私でないことだけは確かだよ」

南田社長だけでなく、その地に暮らす日本人におもしろい話はないですかと聞くと、必ず怖い話を真っ先に持ちだしてくる。

聞き手が私だから、という理由だけではないようだ。

大手の商社の駐在員から現地の飲み屋の主人になった通称キシさんは、元の同僚の話をしてくれた。話の始まりは、もう四半世紀も昔になるらしい。

まず、同僚が現地で行方《ゆくえ》不明になってしまった。失踪《しっそう》する理由など何もなく、事件に巻き込まれたのではないかと会社の人も家族も警察に届けたが、何か月経《た》っても見つからなかった。それで奥さんが、現地にやってきた。

奥さんは金持ちのお嬢さんで、警察だけには任せておけないと、独自に現地の探偵や人探しのプロ、さらに裏社会に顔のきくちょっと怪しい素性の人達にも頼んだらしい。さらに霊能力者だの占い師だのにも頼ったとか。

ところが奥さんもまた、姿を消してしまった。旦那《だんな》と一緒に、怪しげな人達に殺されたのではないかと当時の日本人社会では、大いに噂《うわさ》になったらしい。

それから捜査も何も進展しないままに、月日は流れた。

夫婦には息子がいたのだが、親がいなくなったときはまだ高校生で、親戚《しんせき》に引き取られていた。その後は大学に進んで卒業後はいい会社にも入ったが、とんでもない事件を起こしてしまった。

息子は直接には手を下してないというが、殺人事件に関《かか》わってしまい、現場から逃走したので指名手配されたのだ。

息子は海外に逃亡していた。最初は中国に行ったらしいが、そこから東南アジアのその国に入ってきたらしい。

「どうも、息子はこの国に潜んでいるらしいんだけど。家族がみんな揃《そろ》ってこっちに来て、次々にいなくなるなんて怖いよ。でもねぇ」

キシさんは、ちょっと辺りを見回すようにしてから話を続けた。

「この国の端っこに、リゾート地ではない昔からの現地の人しか住んでない小島がある。そこに老人とその妻、それから中年の男が住んでいるんだけど、その男が指名手配中の息子じゃないかって噂もあるね。

でも、老人と妻は男の親ではないよ。まったくの現地の人。もしかしたら彼は、老夫婦らを本当の親と慕っているのかもしれない。

実はぼくも、行ってみたことがある。魚釣ってタロイモや野生の果物食って、のんびり仲良く暮らしてた。

だけど島全体に、腐った人の臭いが立ちこめていたね。

島のどこかに死体が埋まっているのは確かだよ。どこの誰だか知らないけど。島全体が、墓みたいだ。いや、墓なんだよ、きっと。

息子はもしかしたら、親の墓を守って暮らしているというのはないかな」

あなたは誰ですか。私は私ではありません

先日、久しぶりに故郷に戻ったとき、ホームセンターで中学の同級生だという女性に声をかけられた。

私は彼女のことをすっかり忘れていたが、向こうは私をテレビで見ているから、すぐわかったという。

正直、名前をいわれても思い出せなかった。ミスズよ〜。スズと呼ばれとったよ。といわれても、記憶の海の底からは、急には何も浮かび上がってこなかった。

これも本人にはいえなかったが、目の前のスズという女は百キロ近い肥満体で、ぬいぐるみのブタみたいな顔をしていた。そんな顔の肥《ふと》った同級生も思い出せなかった。

もしかしたら昔は痩《や》せた美人だったのかもしれないが、それもまたいいにくい。

ただ私と話したい人が同級生を装っているのではないか、とすら思った。

けれど共通の友達の噂《うわさ》や近況、同級生でなければいえない私のエピソード、学校のそば

にあった店などの話をされて、ああなつかしいなと抱き合った。

ホームセンター内の店で、スズと向かい合ってお茶を飲んだ。スズの語るその後の自分と今の生活は、ごく普通に幸せそうだった。

そんなスズが、思いきって志麻ちゃんに聞いてみたい話がある、といった。

中学生のとき、家庭訪問というのがあった。今もあるようだが、担任の先生が生徒の自宅を訪ねていき、親といろいろな話をする。

子どもの学校生活の報告と、親からの進路相談などが主な目的だが。

「志麻ちゃんは、あの先生を覚えとるかな」

と、男の先生の名前を挙げた。山岡《やまおか》先生。私はまったく、記憶になかった。

山岡先生がスズのうちに来たとき、玄関先にスズの母と並んで座って話をした。原則として子どもは、その場にいてはいけなかった。

スズは玄関の真上にある二階の部屋のドアを開け、山岡先生と母の話をこっそり聞いていた。そのとき、山岡先生はなんとも怖い話をしたという。

先日、同級生の女の子の母親が、浮気相手との間にできた子をこっそり自宅で産んで殺し、冷蔵庫に隠していた。

それを女の子が見つけてしまい、別居していた父親に話した。そして警察が来て、母親は逮捕された。母親は、他にも産んで殺した子がいると自供した。

というものだが、スズは怖くて怖くて、その話は聞かなかったことにした。

後から母にも先生にも、その話はどうなったかとは聞けず、先生も母もスズにはそんな話はいっさいしなかった。

高校生になった頃、母に思いきって聞いてみたら、なにそれ、ばかばかしい、あんた夢でも見たんだと一笑に付された。

当時もその後も、同じ中学校だった何人かの同級生にこの話をしてみた。どの同級生も、そんな話聞いたことない、どの家の子よという。

スズはそれがどの同級生の家の話なのか、どうしても思い出せないそうだ。

私は別の意味で怖くなった。私もそんな話は聞いたことがない以前に、本当なら町内の噂どころか日本中で報道されないか。

スズと別れた後、帰省のたびに会う親友に話をしたら、ミスズという名前でスズと呼ばれていた同級生は実在するけど、全然違う人だという。スリムな美人だよ、と。

いろいろいわれてみて、ようやく私はその本物のスズという同級生を思い出した。

もちろん親友も、偽のスズが語ったとんでもない話はいっさい知らなかった。山岡先生なんてのも、まったくわからないという。

彼女に名前を騙《かた》られた同級生にも会いに行ったが、本物のスズもまったくそんな友達にも先生にも心当たりはないといった。

とてもスリムできれいな本物のスズは、その人は志麻ちゃんの怖い本に書いてほしかったんじゃろう、と笑った。だから、ここに書いた。

——知り合いを名乗る人が見知らぬ人だった、というのも嫌だが。

わりと親しかった人が、実は誰だかわからない人だったという怖さは、前の方にも書いた。誰だかわからない人になりたい、という願望は誰もがちらっと抱いたり、人によっては切実に望んでその通りになってしまったりもする。

それ以前に、一人になりたいと思っても、無人島や山奥の一軒家にでも籠《こ》もらない限り、本当に一人にはなかなかなれるものではない。

私が初めて孤独というものを強く感じたのは自身のことではなく、何かの本で読んだ実際の事件による。

ある地方で老朽化した橋を取り壊したら、コンクリートの橋脚から完全にミイラ化した遺体が出てきた。

年齢も死因もはっきりしないが、成人した男性であることだけはわかった。

殺人と死体遺棄事件だとして一応は調べられたが、橋を作っている途中で中に入れられ、気づかれないまま五十年が経《た》ってしまったということだった。

とうに時効を迎え、犯人どころか遺体の身元も探るのは極めて困難となった。身に付けていた服も履物もボロボロに朽ちていて、身元に行きつく証拠品にはならない。

妙なことに、膝《ひざ》を抱えるようにして座り込んでいた遺体の足元から、古びた大量生産の安物の印鑑が一つ、転がり出てきた。

日本人に多い姓のトップ3以内に入る、とてもありふれた姓のもので、遺体のものか関係ない人のものかわからなかった。

わざわざ犯人が、自分の印鑑を遺体のそばに置いたりはしないだろう。

もしかしたら、彼はみずから橋脚の中に入って自殺を遂げたのかもしれない。

橋はにぎやかな街の中心地にあり、彼の頭上を行き交う人は、真夜中でも夜明けでも途切れなかった。

けれど、誰一人として橋の中にいる人には気づかなかった。そこに、私は激しく孤独というものを感じ取った。

もし自殺だとしたら、彼は死後も人と会いたくなくて思い切り孤独になれる空間を選んだのか、それとも寂しいから多くの人が行き交う場所を選んだのか。

この話を、ある異国から来ている水商売の女性ナナに話した。日本語堪能《たんのう》なナナは、自分の故郷であった話を思い出したと語ってくれた。

「その話とは何の関係もないけど、私の知る話にも橋が出てきます。印鑑じゃないけど、名前を彫り込んだものも。

子どもの頃、近所の川を流れる橋のそばで、女の遺体がみつかりました。これは誰が見ても殺されたもので、女はほとんど裸でした。

そしてこれもまた、一目で商売女だとわかりました。金髪に染めた髪、真っ赤なマニキュアとペディキュア。私達、死んだ女を見に行ったんですよ。

女の全身に、男の名前がいくつも彫り込んでありました。女はいちいち、好きになった男の名前を刺青《いれずみ》していた。でも、殺されたときはどの男も助けてくれなかった。殺した男の名前もあったかもしれません。

これも、にぎやかで孤独な死ですね。犯人、まだ捕まってませんよ。ちなみに女の体には、私の父の名前までありました。

同名の他人だと、思いたいですけどね」

……つい先日も、「あなたは誰ですか。私は私ではありません」という話を聞いた。

知り合いの不動産関係の人によると、夫婦や家族で住むには狭すぎるワンルームや1DKが、けっこう借り手がいるし売れるのだそうだ。

「姥捨《うばす》てじゃないけど、やっかいな家族を一人暮らしさせるのに使うんですよ。これはもう、不動産業界ではありふれた普通の話。

自宅に置いておくには危険性があるし、近所の手前いろいろと気を遣うこともある。ちょっと離れた場所に一人で住まわせておけば、家族はたまに様子を見に行くだけでいいし、安眠できる。

遠方で働いている、嫁いだ、と近所の人にも思ってもらえる」

ある夫婦が、マンションのワンフロアにある部屋をいくつか購入した。困った身内の者を住まわせるのではなく、家賃収入のため、投資用にだった。

実はこの夫婦にも、困った娘さんがいた。高校でグレて、家出したまま長らく音信不通になっていたという。親も積極的には探していなかったし、むしろいなくなってくれてほっとしていたと、夫婦をよく知る不動産関係の彼はいった。

ともあれ娘には頼れないから、マンションを買ったりして老後に備えていたのだ。

そんな部屋の三軒ほどを、ある大手の風俗店が借り上げた。店の女達の寮としてだ。大家夫婦としては、住人が誰であれ家賃さえきちんと払ってくれ、トラブルを起こさなかったらそれでよかった。

しばらくして、そのフロアで異臭騒ぎが起こった。住んでいた女の一人が自殺していて、真夏に三日ほど誰にも見つけてもらえなかったのだ。

レイラと名乗っていた彼女は店には偽造の身分証明書を出していて、友達や知り合いにもレイラで通し、誰にも本名を名乗らず偽りの経歴を話していた。

だから、本当の身元はすぐにわからなかった。

やがて判明した本当の身元は、なんと大家夫婦の行方不明になっていた娘だった。

家出して風俗嬢になってから本名を捨て、別人になりきり、住まいも店も転々としていたが、たまたま寮のある店を見つけて入店した。

自分の親が寮の部屋の持ち主だったとは、まったく知らなかったようだ。

自分達の買ったマンションに、長らく会えなかった娘が住んでいて死んでいた。図らずも娘のために、部屋を買っていた。

大家夫婦にとっては、なかなか衝撃だと思うが。

不動産関係の彼によると、夫婦はせっかく買った部屋を事故物件にされ、次の借り手が見つからないんじゃないかと、そちらの方を心配し嘆いていたという。

「さすがに遺骨は実家の方に引き取られ、家の墓に入ったようですが。ワンルームには、幽霊が出るって噂になってますよ。

死んだ後でも、実家には帰りたくないんでしょうね」

快楽を与える女は苦痛を求める女

「この話をすると、みんな笑うかオエーッ気持ち悪いというか、どちらかなんだけど。ぼくにとってはすごく怖い話なんだよ～」

テレビ局の制作会社に勤める麹町《こうじまち》くんは、そんなふうにいった。私はすぐさま、あっ、これは私にとっても怖い話になるな、と期待した。

「むちゃくちゃ怖い経験をした」という前振りで始まるより、「そんな怖くないかもしれないけど」といいながら始まる話の方が怖い、という法則みたいなものがあった。

「ある番組の制作を請け負って、中堅の芸人さんとテレビにもよく出ている有名な大学の先生をブッキングしたんだよ。

ところが先生の方から強硬に、『あの芸人を使うな。あいつが出るなら俺は出ない』なんていってきたの。

その先生ありきの企画だったから、芸人さんには降りてもらったんだけど。

先生と芸人とのあいだに、どんなトラブルがあったか、こっちにはまるでわかんなかったんだよね。二人は共演したこともないし、もちろんキャラも仕事も交友関係もかぶらない。

なんか妙に気になって、いろいろ調べたら。正確には先生本人ではなく先生の女性秘書が、あの芸人を降ろせと騒いでいたのがわかった。

その秘書ってのが、とにかく仕事ができないって評判なんだ。

って、ここまで聞いたら秘書は若い美人で、先生の愛人だと思うでしょ。いや、愛人なのは本当。

でも、岩井さんより年取ってて、米俵みたいな体にムーミンみたいなカバ顔。

実は先生、スカトロ趣味があるんだって。女にウンコを食わせるのが好きなんだそう。

その秘書が、何杯でもおかわりして食えるんだって。だから秘書として手元にいつでも置いてるんだよ。彼女くらい、いい食いっぷりの女はいないんだと。

芸人はそんな趣味はないけど、その秘書が在籍していたSM店には通っていて、以前の秘書を知ってたんだよ。

だから秘書は、あの芸人と現場で会いたくない、となったわけ。

ね、笑うかオエーッとなる話でしょ」

私は予想が外れ、なんだか笑ってしまった。ウンコで仕事を取る女、なんてものがいるのだ。色気でそれをやるのは枕《まくら》営業といわれるが、これは便器営業なのか。

それからしばらくして、まったく別の仕事でその芸人さんと共演することになった。もちろん先生と秘書の話など出さなかったのだが。楽屋で打ち合わせをしているとき、彼の方から例の先生の名前を出してきた。

「あの先生、変な秘書をクビにして、新しいのを雇ったよ。その人は前の仕事を辞めた。岩井さんも知ってる人。××編集部にいたきれいな記者だよ」

あの可愛《かわい》い優秀な人、ウンコ食べるんですか。

といいかけてやめたが、鳥肌が立った。この世にはいろんな性癖の人がいて、いろんな趣味の人がいるものだ。自分と違う、自分に理解できないからと頭から否定したり非難したり、それはないけれど。

やはり、相容《あいい》れないものはどうしようもない。幽霊は怖くないよ、とどんなに説明して理解を求めても、怖いものは怖い、という人をどうして責められようか。

私は対談や取材などで、ＡＶや風俗の女性に会うことが多い。

そういうとき現れるのはたいていが人気女優だったり売れっ子だったり、あるいは男のスタッフに気にいられている子ばかりなので、周りから大事に扱われているし本人も自信に満ちて明るい。

けれどやっぱり、彼女らは恵まれた一握りなのだ。心を病んだり、破滅の道に突き進んだり、もっと厳しい状況に落ちたり、自殺してしまった女性も少なくないと聞く。

その病んだ女性達の「引き金になる言葉」というのを聞いて、ちょっと意外だった。

ある取材で、いわゆる企画ものというのか、キワモノ系、イロモノ系にしか出られない女優に会ったのだが。

リストカットの痕《あと》も生々しい女優が、こんな話をしてくれた。

「精神が崩壊するようなハードな撮影だったり、とんでもないヤバい企画にばかり当たったりすると、当然もう辞めたい！　となりますよ。

でもスタッフに向かって嫌だと泣いたとき、『それでも辞めさせない』『まだまだやらせるから覚悟しとけ』みたいに脅されるのは、大丈夫です。むしろほっとする。

きついのは、『えっ、あんなことされてもまだ続けるの？』『がんばるねー、普通は逃げるよな』みたいに、暗に辞めろ消えろといわれることです。

あたし達、突き放されるのが怖いんです。要らないといわれたくない。どんなひどい目に遭っても、必要とされたいんです」

それからしばらくして、その女優が自殺したと聞かされた。

遺書などもなく、ブログとツイッターはかなり前から更新が止まっていたようで、自殺の理由は不明だという。

「まだ続けるの」「よく逃げないよね」と、続けていわれたのではないか。そう思ったが、今さら何をどう追及してもどうにもならない。

女優の死から何か月か経《た》って、業界の人もすっかり彼女のことなんか忘れていた頃、あるAVメーカーの人にこんな話を聞いた。

「実はあの女優の死後すぐ、彼女をよく撮ってたスタジオに幽霊が出るって噂《うわさ》になってたんですよ。

みんな、早く成仏してくれと祈ったし、お祓《はら》いまでして安らかに眠ってくれとお願いしてました。でも、幽霊は出続ける。

それがある監督が、『こうなったら、オカルト界の方面に売り込もう。幽霊AV女優なんてのを主演にして撮ろう。だからもっと激しく化けて出てくれ』といったんです。

その日から、ぴたりと出なくなりました。

生前の性格や考え方を思えば、もっともっとと引き止められたらうれしがるはずなんですが。あ、うれしかったから成仏したのかな」

仕事の引退と、この世からの引退は、やっぱり違うのだろう。

あかご、みどりご

「事件前からすごく有名でしたよ、その夫婦」

ライターの音羽《おとわ》さんは、今もって続いてますよといいたげな疲れた顔でいった。

十年くらい前、離婚を機に引っ越した彼女は、初日から後悔した。そのアパートには、とんでもない一家がいたのだ。

「うちは二階の右端で、その夫婦は一階の左端。つまり一番離れてはいるんですが、もう騒音もすごいし臭《にお》いもひどい」

ともに三十代半ばで子どもが七、八人という夫婦は、これもともに無職だった。ただ子どもの数が多いので、福祉の手当がかなりもらえていたのだ。

どちらも健康なのに働かず、夫は改造車を乗り回して騒音をまき散らし、妻は妻で、

「ぴかぴか〜ゆらゆら〜神の鈴を〜りんりん鳴らせーっ」

と、わけのわからない呪文《じゅもん》を繰り返しながら、変なコスプレをして徘徊《はいかい》している。

子どもは放置していて、あまりにもすさまじい泣き声をあげたり、お腹《なか》を空かせてあちこちに何かちょうだいといって回るので、通報したり親に注意したりしていたが、そんなことをするとこれまたすさまじく怒って嫌がらせに来る。

「なにがすごいって、すべてすごいんですが、旦那《だんな》の方は何もかも金色で、奥さんはすべてが銀色なんです。

単独でもまぶしいけど、二人で一緒にいると目がちかちかします。

服から靴から持ち物すべて、車やその中も金と銀のグッズにあふれ、ドアも壁も勝手に金と銀に塗ってて、垣間《かいま》見《み》える室内も金と銀できんきらきん」

なのに子どもは拾ってきたような服や靴を身に付けさせ、みんながりがりに痩《や》せていた。親はともに肥満体だというのに。

「でもって、事件前からその怖い噂《うわさ》はありました。今から思えば噂じゃなく、まんま事実でした」

多すぎて子どもが何人いるのかわからない、といわれていたが。

一人減るとまた一人産んでいる、その繰り返しで、けっこうな数が実は減っているのに、その分が補充されるから住人は気づいてないんじゃないかともいわれていた。

「その通りでした。何人も死なせて、河川敷とかに埋めたりしてたんです」

夫婦は子殺しで逮捕され、子どもはすべて施設に引き取られた。部屋は退去となり、住人達には平穏な日々がやってきた。音羽さんはその後、また結婚してまた引っ越した。

「あの事件のことも、日々記憶は薄れていったんですが。最近起きた、残酷な少年達の殺人事件。覚えてますよね、岩井さんも。

その犯人側の子達のツイッターやフェイスブックが、例によってネットで探し出されて、さらされたでしょう。

その中に、金と銀の服や持ち物でキメた子がいたんです。親に虐待されてた子が、今度は自分が友達にそういうことをするようになるなんて……」

年頃を考えても、あの金銀夫婦の子の一人じゃないかと思われます。

子どもが犠牲になる事件が、やはり一番痛ましくやるせない。

音羽さんに会った後、出版関係者の神保《じんぼ》くんにその話をすると、未婚の彼は、

「ぼくは子どもより田舎が怖い」

などといい出した。ほんっと田舎は怖いですよ、と。

神保くんは、東京の山の手育ちなのだが、仕事の都合で、ある僻地《へきち》に半年ほど暮らしたことがあるという。

「店がみんな八時くらいで閉まるし、それ以前に店そのものがポツンポツンとしかないってのも寂しかったんですが。ものすごくあれこれ人のことを詮索《せんさく》する、監視カメラよりも余所《よそ》の家をよく見てる、それって想定はしていたけどきつかったです。ちょっと酒を出す店に行っただけで、女を買いに行ったなんていいふらされるんだからたまりませんよ」

そんなある日、彼は住んでいたアパートの前の道に妙なものがあるのを見つけた。

「チワワとかスピッツとか、小型犬くらいの大きさの何かを包んだ毛布です。最初は、毛布だけ丸めてるのかと思ったけど、明らかに中に何か入っている。

それが次第に、臭いを放つようになりました。それから、中からじわじわ腐った体液がにじみ出てきて毛布が汚れていくんです。

間違いなく、生き物の死骸《しがい》が包まれている。でも、大勢の人がそれを見ているのに、何もしないんですよ。ただ腐っていくのを放置している。

ふと思ったのが、同じアパートに住んでいた風俗嬢です。

ヒモの男といつも痴話喧嘩《げんか》してて、妊娠した、どうする、堕《お》ろせ、もう嫌だ、みたいなことを大声でわめきあってました。

おなかが大きくなった彼女も、見かけました。しばらくして見かけなくなって、また見かけるようになったらおなかは平らになってました。

でも、生まれたって噂は聞かなかったし。

赤ちゃんの泣き声も、まったく聞こえてこなかった。憶測でしかないけど、自宅で産んで殺して、毛布に包んで捨てたんじゃないかな……」

住人も薄々、いや、はっきり感づいているのに、面倒事に巻き込まれるのが嫌で知らん顔してたんじゃないか、と神保くんはいう。

「毛布に包まれたものは、いつの間にかなくなっていました。例の風俗嬢とヒモも、何食わぬ顔で暮らしていました。

つまんない噂はするくせに、面倒事になりそうな話は知らん顔をする。それって怖いですよ。田舎は本当に怖い」

本当に怖いのは、事実だとしたら赤ちゃんの殺害と遺棄だが。神保くんはそれはどうでもよくて、ひたすら田舎の人は怖い、これだけだ。

「ぼくが通報すればよかったって？　いいえ、ぼくは余所者でしたから」

本当だとしたら、葬儀も出してもらえない子どもの痛ましい話なのに、田舎は怖いとだけいい張る神保くんも怖い。

そういえば子殺しには限らないが、犯人がわからない段階で、被害者の葬儀が行われることはよくある。かなりの確率で後日その犯人のしらじらしい、

「早く犯人を捕まえてほしい」

といったインタビュー映像が流れる。犯人は身近にいて、被害者の葬儀に何食わぬ顔で参列していることが少なくない。

葬式にまでは来なくても、最初からマスコミ関係者はあの人が怪しいとわかっている人の映像は押さえる。こちらもしらじらしく、何とか話を引きだそう、白を切っている映像を残そうと容疑者に優しい声をかけている。

その話になると、多くの人が代表的な例としてあげる事件がある。父親が保険金目当てに娘を殺し、遺棄していた。そして例によって報道陣に、

「警察に、早く犯人を捕まえに来てほしい」

とうつむき加減に悔しそうにいったのだが、ネットのない時代でも日本中の人が、

「絶対にあの父親が怪しい。父親が犯人じゃないか」

と思ったし、いっていたのだった。私もだ。

テレビで見たとき、父親になんともいえない黒さを見た。

凶暴そうな顔つきとか、荒々しい態度といったものではなく、何もかも普通のそこいら

のおじさんといった雰囲気だったのに、日本中が人殺し、子殺しの臭いを嗅《か》いだ。

これも有名な逸話だが、父は「捕まえてほしい」ではなく「捕まえに来てほしい」といったのだ。来てほしい。

犯人は家にいますよと、いっているようなものではないか。

望み通り、警察はすぐに捕まえに来てくれた。

これは無意識に自白していたのか、あるいはやはり父として贖罪《しょくざい》の気持ちがあったのか、本当のところはわからない。

その話を女性週刊誌の記者にしたら、こんな話をしてくれた。

ある風俗嬢がうっかり妊娠して、自宅で産んでしまった。すぐ絞め殺して袋に詰め、冷蔵庫に入れておいた。

産後は順調に回復し、一か月も経《た》てば何食わぬ顔で店に出られるようになった。そこで彼女は、客の一人に本気になる。

客もまんざらではなさそうで、店外デートも繰り返すようになった。男は離婚して、幼い娘を一人で育てていた。

あるとき、その娘を連れて風俗嬢の部屋へ遊びに行った。

すっかり打ち解けた娘は、アイス食べたいと勝手に冷蔵庫を開けようとした。

彼女はあわてて、誰もいないよ、と叫んでしまった。

何も入ってないよではなく、誰もいないよ。

それに何かを感じ取った彼は、いきなり冷蔵庫を開けた。そして……

「彼が来るとわかっているのに、冷蔵庫の中の死体を別の場所に隠さなかった。殺していてもやっぱり我が子だったから、身近に置いておきたかったんでしょうかね。物ではなく死体でもなく、殺していても我が子だから、『ない』ではなく『いない』といってしまった。怖くもあり、切なくもあります」

駆けつけてきた警察官に対し、男の娘は「怖いものがあった」といったそうだ。

いなか、の、じけん、じけん、の、いなか

前の話でも、田舎は怖いというのを書いたが。私はよく、岡山のすごい田舎の出であるのをネタにもしている。

しかし同世代の瀬戸《せと》さんにいわせると、彼女の故郷とは比べものにならないそうだ。

彼女は、島の生まれ育ちだった。中学に入る頃まで電気、ガス、水道が通ってなくて、自分達で作ったり獲《と》ってきたりする米や野菜や魚や獣の肉を食べ、お金などほとんど使うこともなかった。そして、島民すべてが親戚《しんせき》だった。

そんな島に、古くからの言い伝えがあったという。

海から流れ着いた余所《よそ》者の女がいて、しばらくは面倒も見てやっていた。ところがみんな奇怪な病気にかかり、異様に虫が発生して作物が枯れ、魚も獣も獲れなくなった。

そこで村人はその余所者の女を殺し、生贄《いけにえ》として島に祀《まつ》っている神に捧《ささ》げた。

「おそらく本土から遊女を慰み者として連れてきて、性病が蔓延《まんえん》したのもあって殺したん

じゃないかしらね。飢饉《ききん》や不漁はたまたま重なっただけでしょう。まあ、真相はそんなとこでしょうよ」

と瀬戸さんはいうが、その言い伝えには続きがあり、赤ん坊を除いて島の男がみんな死んでしまった。

つまり、女をもてあそんだ男すべてに不幸が振りかかったのだ。

「女達は恐れ、そして生活していけなくなったから本土に渡ったの。赤ん坊の母親もその子を抱いて、舟に乗ったのね。その後はみんな、ばらばらになってしまった。

実はその生き残った男の子の赤ん坊が、うちの先祖といわれているのよ」

その先祖だけが嫁を連れて島に戻ってきて、子孫が増えた。それでも瀬戸さんの親は瀬戸さんが本土の高校に入ったのを機に、一緒に島を出た。

島は無人となり、今は訪れる人もいないという。先祖代々の墓とは別に、ばたばたと一度に死んだ男達の墓が別の場所にあり、数は二十五。

それは女の死んだ歳《とし》と同じだ。といった言い伝えもあるそうだ。

「その呪《のろ》いや祟《たた》りに、縛られているわけじゃないんだけど」

そんな瀬戸さんは、親が亡くなった後はもっと都会に出た。そして性転換し、体も戸籍も何もかも女になった。

「親は私が男でいると、祟りで若死にすると恐れていたわ。父も四十そこそこで死んだしね。でも、生き残りたいからこうなったんじゃないのよ」

なぜか瀬戸さんは、自分はその遊女の生まれ変わりだと信じている。女の墓はないから、いつも海の方に手を合わせているといった。

そういう私は先日、仕事で初めて彼女の故郷に近い町に行った。何の縁もなく友達もいない土地で、仕事を終えた後は一人でぶらぶら繁華街を歩いてみた。

繁華街といっても、その寂れた地味な町の中ではということで、もうすっかり新宿歌舞《かぶ》伎町《きちょう》に慣れてしまった身には静かな寂しい場所だった。

我が故郷の岡山の夜の方が、よっぽどにぎやかだと思えるほどに。

ともあれぶらついていたら、ドアを開けはなって営業していた飲み屋のママさんと目が合ってしまった。

人の良さそうなオバサンで、しかも私を知っていた。地元の人達が数人いて、ママさんや彼らと他愛ないおしゃべりをし、飲んだ。

特に親しげに近づいてきて話に加わったのが、化粧もしておらず家でくつろぐような格好の、六十くらいの女性だった。若いときは可愛《かわい》かったかなと思わせたが、正統派の美人ではない。グラマーといっていえなくもないが、肥《ふと》ったオバサンだ。

愛想がよくておもしろく、この人も水商売かなとは感じた。常連客のようで、みんなにユリちゃんと呼ばれていた。

ユリちゃんは私を知らないのに、知っていたふりをした。その調子の良さは水商売の人だから、では済まない何かもっと黒い笑いのようなものがあった。

翌日も、その町で仕事があった。ちょっとした講演みたいなことをしたのだが、まずは会場の控室で講演スタッフの一人にこんなことをいわれた。

「昨日、××って店で飲んでましたね。そこにユリちゃんて女がいたでしょう」

こういう情報の伝わり方は、田舎の出である私には驚くことではなかった。

「なかなか楽しい店でした。ユリちゃんもおもしろかったです」

みたいに答えると、その人はちょっと困った顔をした。

「ユリちゃんっていい人ではあるけど、わりと簡単に人を殺すんですよ」

もちろん冗談なのだと思ったが、目だけが笑ってないという形容を私はここで初めてまざまざと目の当たりにした気がした。

ちなみにその人は公務員で、真面目《まじめ》そうな人だ。

「旦那《だんな》がそっちの筋の人でして。夫婦で、日本のビザや国籍が目当ての外国人と金に困っている日本人との結婚、つまり偽装結婚の仲介をしてます。

人身売買といった方がいいかもしれないな。それでトラブったら、あっさり殺すんですよ。やっぱり、物みたいに始末する」

講演の後の会食でも、何人かに同じことをいわれた。

「ユリちゃんはいい人だけど、あまり深入りしないでくださいね。人を殺すし」

異様な感じも受けたし、なんでもない話を聞いたようにも感じたのは、話してくれた人たちが、みんな普通のいい人達だったことだ。

とんでもない人と話が、当たり前に地味な田舎の日常に埋没していたのだ。

とにかくみんなそろって、ユリちゃんはいい人だともいった。いい人が人身売買や殺人をするか、とはいえなかった。

昨日の店にいた人はママも含めてみんな、ユリちゃんのやっていることを知っているのだ。もはや殺人や人身売買よりも、普通のいい人達の笑顔が怖かった。

私の故郷にも、そんな話はあったような気もするが。地元の人間には当たり前すぎて、私も忘れてしまっているのかもしれない。

そうして私もなんでもないことのように怖い話をして、余所の土地の人を怖がらせているのかもしれない。

私自身が、ユリちゃんのような存在になっている、ともいえるか。

本書はハルキ・ホラー文庫のための書き下ろし作品です。

ハルキ・ホラー文庫 H-い 3-1

女《おんな》之《の》怪《かい》談《だん》 実《じつ》話《わ》系《けい》ホラーアンソロジー

著者 花房観音《はなぶさかんのん》／川奈《かわな》まり子《こ》／岩井志麻子《いわいしまこ》

2015年8月18日第一刷発行

発行者 角川春樹

発行所 株式会社角川春樹事務所

〒102-0074東京都千代田区九段南2-1-30 イタリア文化会館

電話 03(3263)5247［編集］ 03(3263)5881［営業］

印刷・製本 中央精版印刷株式会社

フォーマット・デザイン 芦澤泰偉＋五十嵐 徹

シンボルマーク 西口司郎

本書の無断複製（コピー、スキャン、デジタル化等）
並びに無断複製物の譲渡及び配信は、
著作権法上での例外を除き禁じられています。
また、本書を代行業者等の第三者に依頼して複製する行為は、
たとえ個人や家庭内の利用であっても一切認められておりません。
定価はカバーに表示してあります。落丁・乱丁はお取り替えいたします。

ISBN978-4-7584-3927-5 C0193

©2015 Shimako Iwai Kannon Hanabusa Mariko Kawana Printed in Japan

http://www.kadokawaharuki.co.jp/［営業］
fanmail@kadokawaharuki.co.jp［編集］
ご意見・ご感想をお寄せください。

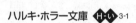

ハルキ・ホラー文庫

平山夢明
メルキオールの惨劇
書き下ろし

人の不幸をコレクションする男の依頼を受けた「俺」は、自分の子供の首を切断した女の調査に赴く。懲役を終えて、残された二人の息子と暮らすその女に近づいた「俺」は、その家族の異様さに目をみはる。いまだに発見されていない子供の頭がい骨、二人の息子の隠された秘密、メルキオールの謎……。そこには、もはや後戻りのきかない闇が黒々と口をあけて待っていた。ホラー小説の歴史を変える傑作の誕生！

平山夢明
東京伝説　呪われた街の怖い話
新装版

〝ぬるい怖さ〟は、もういらない。今や、枕元に深夜立っている白い影よりも、サバイバルナイフを口にくわえながらベランダに立っている影のほうが確実に怖い時代なのである。本書は、記憶のミスや執拗な復讐、通り魔や変質者、強迫観念や妄想が引き起こす怖くて奇妙な四十八話の悪夢が、ぎっしりとつまっている。現実と噂の怪しい境界から漏れだした毒は、必ずや、読む者の脳髄を震えさせるであろう。

「解説　春日武彦」

ハルキ・ホラー文庫

平山夢明

怖い本❶

祭りの夜の留守番、裏路地の影、深夜の電話、風呂場からの呼び声、エレベータの同乗者、腐臭のする廃墟、ある儀式を必要とする劇場、墓地を飲み込んだマンション、貰った人形……。ある人は平然と、ある人は背後を頻りに気にしながら、「実は……」と口を開いてくれた。その実話を、恐怖体験コレクターの著者が厳選。日常の虚を突くような生の人間が味わった恐怖譚の数々を、存分にご賞味いただきたい。

平山夢明

怖い本❷

いままで、怖い体験をしたことがないから、これからも大丈夫だろう。誰もが、そう思っている。実際に怖い体験をするまでは……。人は出会ったことのない恐怖に遭遇すると、驚くほど、場違いな行動をとる。事の重大さを認識するのは、しばらくたってからである。恐怖体験コレクターは、そのプロセスを「恐怖の熟成」と呼ぶ。怪しい芳香を放つまでに熟成した怖い話ばかりを厳選した本書を、存分にご賞味いただきたい。

ハルキ・ホラー文庫

黒木あるじ

怪の職安 実録怪談

書き下ろし

仕事はあなたを幸せにしてくれていますか？ 永年の不況と終身雇用の崩壊が、日本の職場に常ならぬ怨嗟の声を呼び寄せる。古物商に看護師、整体師に不動産業者、漫画家アシスタントにツアーコンダクター。あらゆる仕事にこびり付く、この世ならざる霊の恐怖は、無防備なあなたの日常生活を後戻りできない闇の世界へと引きずり込む。ホラー界を牽引する気鋭の若手の元に集まってきた、「真夏の職場で鳥肌を立たせる」恐怖の実録短篇集。

黒木あるじ

怪の放課後 実録怪談

書き下ろし

「学校」という言葉に、懐かしい思い出を感じる人は多いだろう。けれども学校はまた恐怖を生み出す場所でもあるのだ……。階段の暗がり、進学問題で自殺した同級生、プールの幽霊、暴力教師に霊感少女——。集団生活を送る学校とは、心の闇を醸成する霊的スポットなのだ。今、学校に通う学生も、かつて学生だった大人も、決してこの引力からは逃れられない。ホラー界の新鋭が送る「本当にあった」実録学校怪談。いよいよ登場。